용을 삼킨

검

11

사 도 연 신무협 장편소설

ORIENTAL FANTASY STORY & ADVENTURE

dream
books
드림북스

용을 삼킨 검 11 의천(義天)

초판 1쇄 인쇄 / 2016년 1월 8일
초판 1쇄 발행 / 2016년 1월 22일

지은이 / 사도연

발행인 / 오영배
책임편집 / 편집부
펴낸 곳 / (주)삼양출판사 · 드림북스

주소 / 서울시 강북구 도봉로 173
대표 전화 / 02-980-2112 팩스 / 02-983-0660
편집부 전화 / 02-980-2116 팩스 / 02-983-8201
블로그 / blog.naver.com/dreambookss

등록번호 / 제9-00046호
등록일자 / 1999년 3월 11일

ⓒ 사도연, 2015

값 8,000원

ISBN 979-11-313-0319-1 (04810) / 979-11-313-0111-1 (세트)

* 지은이와 협의하에 인지는 생략합니다.
* 잘못된 책은 구입한 곳에서 바꾸어 드립니다.

* 이 도서의 국립중앙도서관 출판시도서목록(CIP)은 서지정보유통지원시스템홈페이지(http://seoji.nl.go.kr)와
  국가자료공동목록시스템(http://www.nl.go.kr/kolisnet)에서 이용하실 수 있습니다. (CIP제어번호: 2015035568)

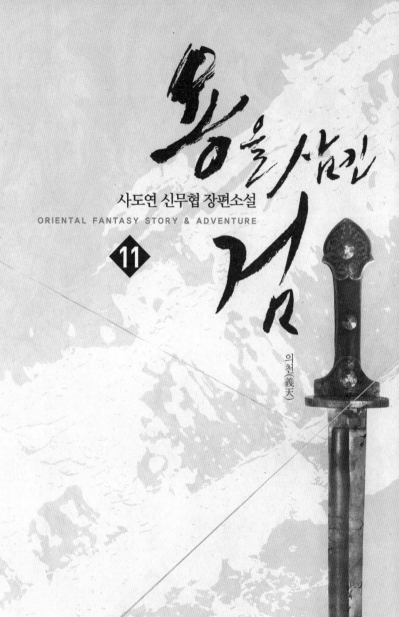

사도연 신무협 장편소설

ORIENTAL FANTASY STORY & ADVENTURE

11

의천(義天)

dream
books
드림북스

목차

第一章 의천맹(義天盟) | 007

第二章 오연비무(五連比武) | 031

第三章 이학산의 검 | 067

第四章 오파 몰락 | 093

第五章 마지막 비무 | 119

第六章 바랜 꿈이 잠에 들다 | 145

第七章 기련산 | 171

第八章 용권상회 | 205

第九章 상계 혼란 | 247

第十章 밀천(密天) | 273

第一章

의천맹(義天盟)

팟! 파밧!

두 개의 그림자가 산 위를 빠르게 미끄러진다.

"동창과 금의위의 갈등을 격발시킨다? 어떻게?"

간독은 무성의 계획을 듣고 쉽사리 이해가 가질 않았다.

가장 의심이 가는 용의자인 천리비영과 사영각을 이용하는 것은 알겠다. 하지만 황룡각의 내분을 이끌어 내겠다는 점은 쉽게 믿기지가 않는다.

"천리비영은 정확히 말하면 황룡각이 아닌 금의위 쪽의 사람이야."

"음? 그랬었나?"

"맞을 거야. 천리비영의 전(前) 남편인 박이선이라는 사람은 과거 병부의 정오품 각사난중을 지냈었어."

"그건 알고 있지."

홍운재 장로들의 과거사를 조사해서 알려 준 사람이 간독이다. 당연히 모를 리가 없다.

각사난중은 병부를 비롯한 육부 아래의 실무를 담당하는 부서인 경력사의 수장으로, 박이선은 이중 병부의 군권(軍權)을 책임지는 경력사를 담당하고 있었다.

"네가 조사를 하고도 그냥 넘긴 거야? 박이선과 진성황 간의 관계를."

간독은 이맛살을 찌푸렸다.

"그때 난 기왕을 구하랴, 네놈들 빼내랴, 뒤에서 개고생하고 있었거든?"

무성은 시큰둥하게 코웃음을 치며 그냥 넘겼다.

간독은 녀석의 그런 태도가 영 마땅치 않았지만, 둘 사이에는 워낙에 많이 벌어지는 일이니 크게 신경질 내지는 않았다. 평소에도 자주 있는 일이었다.

"하여간 계속 말해 봐."

"박이선은 문사 출신이면서도 무관의 직책을 맡은 경우였어."

"군에 장수만 있으면 안 되니까. 치중(輜重)에 신경 쓰려면 먹물을 먹은 놈도 있어야겠지."

"박이선은 후방에서 각 지역에 있는 병력들의 치중을 관리를 했었고, 이때 당시 북방에서 군을 지휘하고 있던 진성황과 어떤 접촉이 있었던 모양이야. 이후 당금의 황제가 황위에 오르고 난 후에 스승인 진성황을 중앙으로 부르면서 박이선의 입지도 덩달아 커져 버렸지."

간독은 그제야 번뜩이는 게 있었다.

"그것이 동창 쪽을 자극한 것이로구만."

"맞아."

"하여간 그거 없는 내시 놈들이란."

"이미 황제를 감싸고 돌면서 막강한 권력을 휘두르고 있던 환관들의 입장에서 새로운 인물의 등장을, 그것도 황제의 총애를 받는 신하의 등장을 달가워할 리가 없으니까."

간독은 대충 밑그림이 그려졌다.

화려하게 정계에 등장한 진성황. 그를 따르는 박이선. 환관들에 의해 배척되었던 이들에게는 새로운 구심점이 되기에 충분했을 것이다.

강력한 파벌의 등장이다.

"하지만 대영반은 권력에 대한 야욕이 크게 있질 않아 이렇다 하게 나선 적이 없어. 그저 묵묵히 황제의 옆을 지키기만 했지."

"그러나 사람은 가만히 있어도 주변은 내버려 두질 않는 법이지."

간독은 냉소를 폈다.

무성이 고개를 끄덕인다.

"이때부터 대영반 세력과 환관 세력이 대립을 시작한 모양이야. 그러다 환관 세력의 우두머리였던 태감이 병사하고 지금의 자항이 그 자리를 이었지."

"그리고 자항은 자신의 입지를 다지기 위해서 어떤 수를 써야만 했고?"

"그래. 그래서 택한 것이……."

"암살."

"정적을 제거하는 것만큼 확실히 힘을 보여 주는 것은 없을 테니까."

간독은 콧방귀를 꼈다.

"하지만 대영반을 암살 시도하기엔 너무 무서웠다, 이건가? 그래서 칼날을 박이선 쪽으로 돌렸고?"

"아무래도 그가 실질적인 수장 노릇을 했으니까."

"당했군."

"이때 천리비영은 위기감을 느껴서 남편에게 계속 일을 그만두라고 했지만 통하지 않았던 모양이야."

"그런데 그 남편이 살해를 당하자, 정체를 숨기고 세상에서

숨었다."

"그리고 십 년 후, 천리비영이 나타났지."

간독은 이맛살을 찌푸렸다.

"그런데 일개 아녀자가 단 십 년 사이에 그만큼 강해지는 게 가능한가?"

"외가 쪽이 원래 몰락한 강호의 무가(武家)였다고 알고 있어. 아마 거기서 기연을 얻었겠지. 또한, 진성황이 그녀를 거두어 줬던 거라면 전혀 이상하지도 않지."

"확실히."

"그리고 사실 우리가 이상하다고 말할 입장은 아니잖아?"

"하긴. 그것도 그렇지?"

혼명을 익혀서 단기간에 강해진 것으로 따지자면 그들만한 사람이 없다.

간독이 다시 묻는다.

"그럼 이제 배경은 잘 알겠어. 진성황이 남몰래 천리비영을 자객으로 양성하고, 남편의 뜻을 계승하니 뭐니 하는 이유로 무신의 곁에 세웠다. 그리고 여태 세작 노릇을 했다…… 이 정도만 자항에게 전해 주지는 않았겠지?"

이 정도 사실만 하더라도 자항을 자극하기엔 충분하다. 황룡각에서 심은 간자라고 생각했던 존재가 사실은 진성황이 얼마든지 부릴 수 있는 한쪽 팔이었다는 사실을 알게 된다면,

일이 자신에게 불리하게 돌아갈 테니.

"그걸로는 부족하니까. 그래서 한 가지를 더 첨부했어."

"뭔데?"

"자항의 뒷조사."

"앙? 아! 그걸 여기다 써먹은 거였냐? 푸하하하핫!"

간독은 웃음을 터뜨렸다.

무성이 이전에 그에게 홍운재 장로들의 과거사를 부탁하면서 진성황과 자항의 뒷조사도 곁들었기에 그저 적을 판별하기 위한 작업이라고 생각했건만.

그런데 사실 이걸 역으로 이용해 버릴 줄이야.

"자항의 약점과 치부를 천리비영이 조사하고 있다는 내용을 담았어. 그 증거로 실제 조사 내용을 담았고."

간독이 피식 웃어 버린다.

"그런 걸로 넘어가 줄까?"

"넘어갈 수밖에 없지. 의심을 하더라도 자항에게는 진성황을 칠 수밖에 없는 명분이 될 테니까."

"그도 그렇군."

"동창은 이제 칼을 우리가 아닌 금의위 쪽으로 돌릴 수밖에 없어."

무성의 두 눈이 차갑게 빛난다.

황룡각이 내분에 휩쓸린다면 무신련의 서진에도 큰 도움이 된다. 설사 내분이 나지 않더라도 시간을 벌 수 있고, 갈등을 이용할 방법은 아주 많다.

간독의 미소가 씁쓸하게 변한다. 혀를 찬다.

'이 녀석, 어째 요즘 들어 서서히 변하는 것 같지 않나?'

이해는 한다. 스승으로 모셨던 무신이 그렇게 눈을 감은 이후로 무신련이 거듭되는 몰락을 겪으면서 무성도 덩달아 쉴 새 없이 뛰어다녀야 했으니.

하지만 괴물을 잡기 위해 무성, 그 자신도 괴물이 되는 것은 아닌지가 걱정이었다.

'끝까지 믿는 수밖에.'

간독이 속마음을 꾹 누르며 걸음을 멈춘다.

탁!

"그럼 재상부가 그렇게 움직여 주는 동안 우리는 여기를 맡으면 되는 건가?"

저 멀리 깃발이 보인다.

의천(義天)

구대 문파, 아니, 정확하게는 청성, 아미, 곤륜, 점창, 공동의 오대 문파로 이뤄진 연맹체, 의천맹의 군영에 도착했다.

　　　　*　　　*　　　*

　　동창이 관군을 저지하는 동안, 귀병가는 낭천막에서 칼날을 의천맹 쪽으로 돌린다.

　　의천맹의 세력들도 얼마든지 무신련을 저지할 수 있기 때문에 최대한 혼란을 줘야만 했다.

　　간독은 혀로 입술을 축였다.

　　"흐흐흐흐! 이거 아무리 봐도 옛날로 돌아간 기분이란 말이지. 남씨 계집만 있으면 딱 좋은데 말이야."

　　무성이 피식 웃는다.

　　"언제부터 네가 남 소저를 챙겼다고 그래?"

　　"하! 내가 말을 하지 않아서 그렇지, 이 간독 님이 얼마나 동료를 아끼는 정성이 갸륵한지 아냐?"

　　"그래?"

　　"그럼!"

　　"간독의 마음이 그런 줄 여태 전혀 모르고 있었군요. 죄송해요."

　　"암. 미안해야 하고 말…… 응?"

　　간독은 갑자기 귓가에 울리는 익숙한 목소리에 화들짝 놀라 고개를 번쩍 들었다. 분명 자신이 알기론 여기에 있어서는 안 될 목소리였다.

그와 무성이 온 뒤쪽.

해를 등진 채로 남소유가 서 있었다.

달빛처럼 뽀얀 피부와 날렵한 이목구비는 예전과 똑같다. 하지만 언제나 그녀 주변을 맴돌던 쌀쌀한 기운은 사라지고 없고 따스함이 묻어난다.

소림사에서의 사건 이후로 마음속 짐을 털어 내면서 새로운 변화를 맞은 것이다.

등에는 그녀를 상징하는 반검이 매달려 있었다.

"여, 여긴 어떻게 오, 온 거야?"

전혀 예상치도 못한 그녀의 등장에 놀란 것은 간독이었다.

남소유가 말없이 웃기만 한다.

간독은 확 무성 쪽으로 시선을 돌렸다. 이런 걸 왜 진즉에 말을 해 주지 않았느냐는 무언의 항의다.

"남 사제는 소승, 아니, 제가 데려온 것이니 혼을 내려거든 절 혼내 주시지요."

이번에는 우측에서 구법승이 나타나 씩 웃는다. 억지로 말투를 바꿔 보려고 하는 어색한 티가 확 풍긴다. 머리도 어느 정도 자라서 이제 까끌까끌한 정도는 되었다.

간독은 그제야 상황을 깨닫고 이맛살을 찌푸렸다.

"땡중을 시켜서 데려온 거였구만."

무성이 씩 입꼬리를 말아 올린다.

"옛날로 돌아가자는 뜻에서."

했던 말을 고스란히 되돌려 준다.

"너는 사람을 이렇게 놀라게 하는 게 취미냐?"

"아직 놀라긴 이를 텐데."

"또 뭐 있어?"

"바로 이 몸이시다!"

이번에는 좌측 덤불 숲에서 마구유가 나타났다. 그는 거치도를 비딱하게 맨 채로 크게 웃었다.

간독의 표정은 썩어 문드러졌지만.

"저 시끄러운 놈도 같이 뛰자고? 정신 사납지 않겠냐?"

"뭐, 이 새꺄?"

"내가 틀린 말 했냐?"

"감히 이 파락호 새끼가?"

"남의 등골이나 빼먹던 마적 주제에 어디서 눈을 부라려?"

간독과 마구유가 서로 으르렁거린다. 파락호와 마적, 절대 어울리지 못할 두 사람이 부딪치니 꽤 재미난 그림이 그려진다.

남소유는 소리 죽여 가볍게 웃었다.

"여전히 간독은 팔팔하시네요."

"그거 빼면 전혀 쓸모가 없잖아요."

무성이 가볍게 대꾸한다.

남소유는 무성에게 눈웃음을 지었다.

"보고 싶었어요."

무성은 말없이 고개를 끄덕인다.

남소유가 다시 말한다.

"언제나 당신을 그렸어요."

무성은 역시나 말없이 미소를 짓는다.

남소유가 묻는다.

"당신은 어떠셨나요?"

"당신이 그리웠습니다."

"그럼 그걸로 충분해요."

둘 사이에 미묘한 기류가 흐른다. 구법승은 옆에서 흐뭇한 미소로 고개를 크게 끄덕였다.

하지만 서로 헐뜯기 바빴던 간독과 마구유는 영 못 볼 꼴이었나보다.

"하! 저것들 보게? 누구는 시키면 남정네 새끼랑 투닥거리기 바쁜데, 저 연놈들은 서로 분홍빛 기류를 마구 터뜨리네? 이거 배알이 꼴리는데."

"너도? 나도 그렇다. 직접 사나운 북막까지 가서 마적 새끼들 꼬셔서 와 줬더니, 그놈들은 이제 낭인 세계를 먹을 일이라도 남았지, 나는 별달리 떨어지는 것도 없고. 에휴! 내 신세 좀 보소."

간독과 마구유가 투덜거린다.

특히 마구유는 아주 억울했다. 기껏 고생했더니 더 큰 고생만 그를 기다릴 뿐, 돌아오는 혜택은 하나도 없다. 하루에도 몇 번이고 이 더러운 자리를 박차 나서고 싶은 마음이 굴뚝같았다.

그래도 그놈의 은혜가 무엇인지. 이렇게 발목이 단단히 붙잡혀 버렸다.

무성은 피식 웃더니 귀병가 식솔들을 돌아봤다.

"그럼 이만 가자."

그렇게 귀병가가 움직이기 시작했다.

*　　　*　　　*

옥천균(玉千鈞)은 곤륜파의 제자다.

본래 곤륜파는 구대 문파로 분류되면서도 세간에 가장 신비스러운 곳으로 알려졌다. 문파가 중원에 있지 않고 새외 서쪽에 위치한 데다가, 모습도 잘 비추지 않기 때문이다.

하지만 이따금 그들이 강호에 나타날 때면 언제나 파란을 일으키곤 하기에 뭇 많은 사람들이 곤륜파를 거론할 때면 동경 어린 시선으로 볼 때가 많았다.

그런 곤륜파가 세상에 나왔다.

당당히 의천맹을 구성하는 한 축으로.

당연히 강호에는 파란이 일어날 수밖에 없다.

그것은 맹 내부에서도 마찬가지라, 비교적 다른 구대 문파들에 비해 무신 백율의 영향을 거의 받질 않아 전력을 오롯이 보존했던 그들은 우대를 받을 수밖에 없었다.

옥천균은 그런 사문의 위명을 잘 알고 있었다. 덕분에 각별히 행동에 신경을 썼다.

'나로 인해 사문의 명예에 먹칠을 할 순 없지 않은가?'

아마 그것은 자신을 비롯해 하산을 완료한 문도들이 모두 공통적으로 가지는 생각일 것이다.

본디 세간에 알려진 것과 다르게 곤륜파는 신비지문(神秘之門)이나, 도원경에 사는 신선들처럼 살거나 하지는 않는다.

오히려 풍요로운 중원과 다르게 척박하게 산다.

곤륜이란 산이 아니다. 산맥이다.

동쪽으로 감숙 기련산에서부터 북쪽으로는 신강 천산에 닿으며, 남쪽으로는 사천으로도 연결된다. 끝을 모르고 쭉 이어지는 저 머나먼 포달랍궁이 있는 서장까지 다다를 정도이니, 영역만 따진다면 엄청난 셈이다.

물론 이 산맥들을 모두 곤륜이라 통칭할 수는 없겠지만, 그만큼 곤륜은 방대한 넓이를 자랑하며 사람이 살기 힘든 척박한 환경이다.

덕분에 곤륜에 거주하는 사람들은 오랫동안 산을 터전으로 삼아 온 산중 민족이거나 사막에서 길을 잃고 흘러들어 온 유목민들이 대부분이니, 중원인은 거의 찾기 힘든 실정이었다.

이런 환경에 어떻게 제대로 된 문파가 성장할 수 있을 것인가?

있다 하더라도 당장 먹고 살기에 급급한 그들이 머나먼 중원의 일에 신경이나 쓸 겨를이나 있겠는가?

하지만 이런 환경에서 살아왔기 때문에, 강해질 수밖에 없는 곳에서 살았기 때문에, 곤륜파의 문도는 항시 강했다.

그들이 중원에 나타날 때마다 파란을 일으키는 이유가 바로 그런 것이었다.

그러던 어느 날, 언제부턴가 곤륜파 내에 새로운 기류가 돌기 시작했다.

언제까지 이런 척박한 산에만 틀어박혀 있을 것인가? 우리의 가슴 속에 품은 뜻은 고작 이것밖에는 되지 않는단 말인가?

그것은 중원에서 찾아온 한 손님 때문에 시작되었다.

"청성파의 제자, 이학산이라 합니다."

사천의 명문, 청성에서 왔다고 자신을 밝힌 젊은 사내.

고고한 인상을 가진 그는 기품 있는 행동을 보이며 촌스럽기 짝이 없는 곤륜파 문도들의 가슴에 가장 먼저 불을 지폈다.

곤륜파는 간만에 찾아온 손님으로 들뜬 분위기가 됐다.

언제나 곤륜파가 중원으로 오길 청하기만 했지, 이렇게 직접 곤륜산까지 찾아오는 경우는 극히 드문 탓에 반가웠던 것이다.

무엇보다 사람들은 그들을 신비지문으로 일컫지만, 실상 곤륜파는 바깥사람들을 좋아하는 순박한 이들이었다.

"그래. 먼 길을 오셨구만. 듣자하니 기나긴 잠에 들었었다고 들었네만, 아무래도 일어났나보이."

곤륜파의 장문인, 신학자(神鶴子)가 푸근한 미소를 띠며 청성의 사신을 맞았다.

이에 이학산은 청성이 깨어난 계기를 밝혔다.

"얼마 후면 무신련이 무너질 것입니다."

"그런가? 잘된 모양이군."

보통 강호인들이라면 이 말을 듣는 순간 두 가지 반응을 보일 것이다. 코웃음을 치거나, 경악을 하거나.

하지만 신학자는 둘 다 아니었다.

그만큼 곤륜파에게 무신련은 전혀 다른 세계의 이야기였다.

이학산이 말을 계속 이어 나갔다.

"황궁에서 칼을 뽑았습니다."

"확실히 지금의 무신련이 너무 크긴 했지."

"그들이 저희에게 손을 내밀었습니다."

"축하하네. 다시 강호의 하늘이 될 수 있겠어."

강호에서 감당하기 힘들 정도로 커다란 세력이 일어날 때마다, 황궁은 언제나 구대 문파를 뒤에서 지원해 그들을 정리하곤 했다.

그들에겐 마교(魔敎)라는 낙인을 찍고서.

구대 문파가 몰락한 계기도 과거 강북에서 들불처럼 일어났던 대라종, 현 야별성의 전신을 상대하다가 그렇게 되지 않았던가.

그사이에 무신 백율이란 이리 같은 작자가 그 틈을 비집고 일어났던 것이고.

그러다 무신 백율의 존재감이 너무 커졌다.

황궁에서도 과거 대라종처럼 그를 감당하기가 아주 버거울 터. 때마침 구대 문파도 전력을 복구하였으니 슬슬 물밑 작업을 시작했을 것이다.

신학자는 이런 변방 산골에 있으면서도 그 모든 일련의 과정들을 한눈에 꿰뚫어 봤다. 한 문파의 수장이란 자리는, 결코 쉽게 주어지는 자리가 아니었다.

하지만 그의 평온한 기색도 곧 깨지고 말았으니.

"황룡이 일어났습니다."

"무, 뭐라고!"

신학자가 벌떡 자리에서 일어난다. 부릅떠진 눈동자는 쉴 새 없이 흔들린다. 턱이 부르르 떨린다.

하지만 이학산은 여전히 그대로 평온했다.

"황룡을 이루는 여섯 개의 비늘 중 하나가 되라는 칙서가 내려왔습니다. 결정하십시오. 따르시겠습니까? 아니면 거부하시겠습니까?"

"거부한다면……."

"별다른 제재는 없을 겁니다."

하지만 그 말이 더욱 신학자에게는 화인처럼 다가왔다.

"……따르겠네."

대면이 끝난 후, 신학자는 곤륜에 넓게 퍼진 문도들을 소집하는 곤왕령(崑王令)을 내렸다.

발동되는 즉시 곤륜의 문도라면 무슨 일이 있더라도 반드시 따라야만 하는 장문령이다. 옥천균을 비롯한 문도들도 그런 것이 있다고 말만 들었지, 실제로 본 것은 처음이었다.

한 달 후에 모든 문도들을 모은 대회에서 신학자는 이렇게 밝혔다.

"앞으로 보름 후, 우리 곤륜은 세상으로 내려간다. 모두 해 이해진 마음을 다잡고, 풀어 뒀던 검을 다시 잡아라. 곤륜의 자식이란 기상을 가슴에 품어라."

갑자기 내려진 청천벽력과 같은 소식.

그리고,

"또한, 오늘부로 나는 장문 직위에서 내려와 이 자리를 여기 있는 이학산에게 물려줄 것이다."

폭탄이 던져졌다.

문도들은 하나같이 경악했다.

그들 중 대부분은 생계를 위해 산문 밖으로 나가 있어 이학산을 처음 봤다. 그런데 난데없이 외인을 장문 직위에 앉히겠다니?

특히 차기 장문인으로 내정되어 있던 대제자 옥천균으로서는 날벼락일 수밖에 없었다.

하지만 신학자는 아예 쐐기를 박아 넣었다.

"이미 나는 어제 그와 배사지례를 치렀으며 모든 의발을 전수하였다. 그리고 그는 이곳 곤륜뿐만 아니라, 이미 청성을 비롯한 아미, 공동, 점창의 장문인이기도 하다."

두 번째로 가해진 충격이었다.

공동 전인(共同傳人)!

지금 신학자는 다섯 문파의 기존 장문인들이 이학산을 공동 제자로 받아들이고, 그에게 모든 의발을 전수하며, 사문의 명운까지도 맡겼다고 말하는 것이다.

그것을 근거로 신학자는 한 달 전에 비해 많이 수척해 보였다. 눈가에 주름도 더 많이 지고, 검버섯이 폈으며, 흰 머리가 더 하얗게 지샜다.

이것이 무엇을 의미하겠는가.

자신이 평생 동안 쌓은 심득이며 내공들도 전부 넘겨 주었다는 뜻이 아닌가.

이학산이라는 자의 몸속에는, 다섯 장문인들의 업(業)이 고스란히 담겨 있었다. 그 하나하나의 업이 얼마나 대단할지 짐작해 본다면 이학산은 바다를 품고 있는 것과 같았다.

용이다, 이자는.

거기다 이학산은 구대 문파의 탄생 이후로 단 한 번도 존재하지 않았던 자리를 얻었음에도 불구하고 절대 거만을 떨지 않았다.

언제나 문도들 옆에 다가서려 노력했고, 그들과 눈높이를 맞췄다.

덕분에 이학산은 곤륜에 빠르게 동화되었다.

그리고 저마다의 가슴에 불을 지폈다.

다섯 장문인들이 이런 극단적인 선택을 내린 이유가 무엇인가? 생각해 보라. 언제까지 이런 산에 틀어박혀 선조들의 유업을 망각하고만 있을 것인가?

그렇게 이학산을 중심으로 곤륜파가 일어났다.

그 뒤에는 옥천균도 있었다.

'과연 세상을 바꿀 수 있을까?'

중원으로 들어오고 난 후, 옥천균은 이학산이 단언했던 모든 것들이 차례대로 이뤄지는 걸 확인했다.

야별성이 무너졌다. 황궁이 일어섰다. 무신련이 패퇴했다. 의천맹이 일어섰다.

그들의 천하…… 열렸다!

이미 강호는 수십 년 만에 일어난 구대 문파의 등장으로 떠들썩하다. 특히 가장 선두에 선 다섯 문파, 의천맹에 가장 크게 집중한다.

이학산은 의천맹이 세상에 나서는 첫 번째 행사로,

"무신련의 잔당들을 토벌할 것입니다."

기존의 체재를 완전히 지워 버리겠다는 포부를 밝혔다.

당연히 의천맹의 모든 무인들이 환호했다. 그들의 두 눈은 의지로 불타오르며 지난 수모를 모두 꺾고 말겠다고 다짐했다.

옥천균도 거기에 동조했다.

비록 곤륜파는 무신련과 이렇다 할 은원이나 접점 따윈 없었지만, 그는 이학산이 말했던 것을 보고 싶었다.

"새로운 하늘을 열고 싶습니다. 무신의 하늘이 아닌, 우
리의 하늘을요."

우물 안 개구리에 불과했던 자신을 세상 밖으로 끄집어내
준 사람이다. 실제 하늘은 이렇게 푸르고, 높고, 넓다는 것을
말해 준 사람이다.

나이는 별반 차이가 나지 않을지라도 그 속에 품은 뜻은
결코 어리지 않았다.

그렇게 생각을 정리할 무렵이었다.

저벅.

군영 주변을 따라 사색에 잠겨 있던 옥천균은 어디선가 들
리는 발걸음 소리에 정신이 깼다.

누군가가 이곳으로 다가오고 있었다.

다섯 명으로 이뤄진 남녀. 그런데 구성원이 조금 이상하
다. 굳이 표현하자면 선남선녀, 파락호, 땡중, 마적 정도라고
해야 할까? 전혀 어울리지 않는 조합이다.

'군영 내에 저런 사람들이 있었던가?'

의천맹의 사람들은 일종의 공감대를 형성하고 있어 그 흔
한 파벌이나 계파 하나 없이 서로 한데 어울려 잘 지낸다. 그
러니 웬만한 얼굴을 다 파악하고 있지만, 이들은 전혀 낯설었
다.

그때 그들 중 가장 어린 사내가 성큼 앞으로 나섰다.

"한 가지만 묻겠소."

옥천균은 자신도 모르게 헛바람을 들이켰다.

'무, 무슨 눈빛이……?'

잔잔한 것 같으면서도 깊이를 모를 정도로 그윽한 눈. 그러면서도 금방이라도 거칠게 타오를 것 같다. 이학산이 가진 것과는 비슷하면서도 전혀 다른 눈이다.

"마, 말씀하십시오."

"의천맹의 사람이시오?"

"그렇소만?"

"그럼 안으로 들어가서 이 맹주께 말씀을 전해 주시겠소?"

"……?"

이학산에게 전해 달라고?

젊은 사내, 무성이 무표정한 얼굴로 말했다.

"무신련에서 직접 련주가 찾아왔노라고."

"……!"

第二章

오연비무(五連比武)

"현재 무신련의 잔당들은 서안을 통과한 것으로 보입니다. 뒤를 추격 중입니다."

"화산파와의 연락은?"

"거절당하였습니다."

"역시…… 어쩔 수 없군요."

보고를 받는 이학산이 길게 탄식을 흘린다.

그 자리에 있던 수뇌부들은 하나같이 욕지거리를 내뱉었다.

"빌어먹을 것들."

"어찌 인간의 탈을 쓰고 그런……!"

오랜 세월 동안 구대 문파는 늘 일심동체로 움직였다. 이따금 각 이해 관계가 맞물려 대립한 적도 있지만, 그래도 큰 틀에서는 같이 움직였다.

특히 무신련과 대립하는 정책에 가장 선두에 섰던 존재가 화산파라는 것을 감안한다면, 현재의 비협조적인 그들의 태도는 의천맹으로서 배신으로밖에 여겨지지 않는다.

하물며 화산파와 함께 섬서성을 양분하던 종남파가 몰락을 하고, 유일한 문도인 구양자도 실종된 이때라면 더더욱 섬서에서 활동하기가 어렵다.

"하지만 걱정은 하지 않으셔도 무방할 듯합니다. 이미 감숙으로 이어지는 주요 대로는 관군들이 철저히 통제를 하고 있으며 그 외의 길은 맹에서 천라지망을 쳐 두었습니다. 이미 몇몇은 걸리기까지 했으니 곧 한 지점으로 몰아넣을 수 있을 것입니다."

"수고하셨습니다."

이학산이 고개를 숙이자, 보고를 마친 점창파의 제자는 밝은 미소를 띠더니 제자리로 돌아갔다.

이학산은 곧 수뇌부 쪽으로 시선을 돌렸다.

하나같이 도복이나 승복을 입은 출가인들이다. 그것도 머리가 하얗게 지새고 피부엔 검버섯이 핀 노인들.

하지만 그들을 무시해선 안 된다.

이들이야말로 의천맹의 진짜 전력이라 할 수 있으니.

검로(劍老).

자신들을 일컬어 그렇게 말하는 이들은 이름도 특이하게 일로(一老), 이로(二老), 이런 식으로 지칭을 하면서 삼십삼로(三十三老)까지 존재한다.

도가도 비상도라, 이름 따윈 무엇이 중요하겠냐만은 그들은 한때 각 문파를 이끌고 상징했던 존재들이다. 무신 백율의 등장으로 어쩔 수 없이 쓸쓸히 역사의 뒤안길로 사라져야만 했지만, 그만큼 세월을 그리워하며 검을 단련한 자들이다.

그리고 이학산의 스승이기도 했다.

이학산이 포권을 취한다.

"이미 남쪽에서는 오각이 귀병가에 의해 무너졌습니다. 대신에 그 자리는 그쪽으로 결탁한 적망단이 차지를 하였다고 하니, 더 이상 낭인들의 도움을 청하기란 요원할 듯합니다."

오각, 낭천막을 말한다. 목종의 몰락을 이야기하는 것이다.

검로의 대표, 일로가 코웃음을 친다.

"하찮은 낭인들이 하는 짓이 어디 다 그렇지. 애초 그들에게 일을 맡기는 게 아니었어."

포근한 인상을 지닌 이로가 일로를 달랬다.

"그래도 다행히 저들을 분리시킬 수 있지 않았습니까? 또한, 낭인들을 통해 무신련주의 무위도 직접 확인해 볼 계기가 되기도 했고요."

"그렇긴 그렇지만."

일로는 보고를 올렸던 점창파 제자에게 시선을 돌렸다.

"그래서?"

"예?"

"그래서 창붕이니 뭐니 하는 시건방진 그 무신련주의 무위는 얼마나 되는 것 같더냐?"

순간, 제자는 대답을 하지 못하고 머뭇거린다.

일로가 버럭 화를 낸다.

"그냥 대답해!"

제자는 이학산의 눈치를 봤다.

이학산이 괜찮다며 고개를 끄덕인다.

결국 제자는 땅이 꺼져라 한숨을 내쉬었다. 자신이 본 것들을 모두 털어놨다.

"십로(十老) 이하의 분들이 나서신다면…… 필패."

"저, 저런!"

"오로(五老) 이상의 분들이 나서신대도…… 필패."

"미친!"

"하지만 십로까지 분들이 합공을 하신다면…… 동률."

"……!"

반발은 이제 어이가 없다는 표정이 된다.

제자는 마지막으로 이학산을 보다가 두 눈을 질끈 감았다.

"하지만 여기에 맹주께서 나서신다면 승률이 삼 할 정도 올라갑니다."

잠시 그들 사이에 침묵이 내려앉는다. 도무지 믿기지 않는다는 투가 절반이고, 나머지 절반은 어이가 없다는 듯한 표정이 전부다.

일로는 얼굴이 대춧빛으로 물들며 역정을 쏟았다.

"네놈이 드디어 실성한 게로구나! 그렇지 않다면 어떻게 그딴 말을 할 수 있단 말이냐!"

"제가 본 것은 이게 전부입니다."

"이놈이 정녕 그래도……!"

일로는 당장이라도 치도곤을 낼 기세였다. 그도 그럴 것이 보고를 올리던 무인은 그가 말년에 거둔 제자다. 몰락하는 점창파의 마지막 보루라고 키웠던 녀석이 이렇게 약한 소리만 해대고 있으니 화가 날 수밖에!

하지만 제자는 어떤 벌이라도 달게 받겠다는 듯이 눈을 질끈 감았다. 그것이 더욱 일로의 화를 부추겼다. 결국 한쪽에 놔둔 검 쪽으로 손을 가져가려는데, 이학산이 손을 뻗어 제지했다.

"일로께서는 그만하십시오."

"이놈이 지금 미친 소리를……!"

"제자의 말은 틀리지 않았습니다. 그리고 정정하지요. 제가 더해진다고 한들 승률은 일 할밖에 올라가지 않습니다."

"……!"

"매, 맹주! 어찌 그런 나약한 소리를!"

보고를 올렸을 때보다도 더한 경악이 흐른다. 자신들이 전력을 다해 기른 공동 전인이 벌써 약한 소리를 하면 어쩌자는 말인가? 하지만 이학산은 차분했다.

"저는 진실만을 이야기할 뿐입니다. 저는 호남 초왕부로 가는 길에 그를 직접 만났었고 몸소 겪었습니다. 그 후로 무신의 업을 이었다고 하니, 더 강해졌으면 강해졌지 약해지지는 않았을 것입니다."

"허!"

"잊지 마십시오. 그는 제이의 무신입니다."

"……."

"……."

다시 침묵이 내려앉는다.

그만큼 무신 백율이란 이름이 그들에게 주는 무게는 너무나 컸다.

"그래도 너무 걱정 마십시오."

모두의 시선이 다시 이학산에게로 향한다.

이학산이 살짝 미소를 벌린다.

"그와 저는 동갑입니다. 창붕 역시 그동안 성취가 있었는데,

본인 역시 성취가 없었겠습니까? 다섯 장문인들의 내공이 있고, 여기 계신 스승님들의 노고가 있으셨는데 더 하면 했지 못하지는 않을 것입니다. 그리고 제가 말씀드린 승률은 바로 어젯밤까지의 저일 뿐입니다."

"맹주, 그 말은?"

모두의 기대감 어린 시선에 이학산이 고개를 끄덕인다.

"간밤에 기연이 닿아 오행신대공(五行神大功)을 완성할 수 있었습니다."

"오오! 감축드리오!"

"드디어 의천을 열 자격을 얻었구려!"

오행신대공은 아주 오래전부터 구대 문파 사이에 내려져 오는 비전(秘傳)이다.

마교가 창궐해 구대 문파가 위협에 잠겼을 당시에 아홉 장문인들이 머리를 맞대어 각 문파의 무공들을 내놓고 불(佛), 도(道), 유(儒), 속(俗)의 네 가지 성질을 하나로 합쳤다고 한다.

하지만 이것은 구전으로만 내려올 뿐, 여태 정작 익히거나 완성한 자는 어디에도 없었다.

오행신대공을 익히기 위해서는 구대 문파의 무공을 고루 익혀야 하는 데다가, 깊이가 너무나 심오하여 깨달음이 높은 고승이나 현학자가 옆에 붙어 길을 이끌어 줘야 했던 까닭이었다.

언제나 하늘 위에 서서 서로 견제하기 바쁜 구대 문파가 공동 전인을 만들 이유가 어디에 있었겠는가.

하지만 지금은 다르다.

다섯 장문인들의 내공이 있었고, 서른세 명의 은거기인들이 나서서 길을 이끌었다.

이미 이학산의 몸속에는 용 한 마리가 똬리를 틀고 있다 해도 과언이 아니었다.

"하면 경지는? 경지는 얼마나 될 것 같소?"

오행신대공을 익히는데 가장 적극적으로 나섰던 일로는 침이 튀도록 잔뜩 흥분했다.

"이제 곧 보여드릴 수 있을 것입니다."

"음?"

일로가 무슨 일이냐며 물으려는 그때,

쾅!

갑자기 문이 벌컥 열렸다.

"크, 큰일입니다!"

일로는 짜증 섞인 시선으로 그쪽을 돌아봤다.

"무슨 일이냐!"

"무, 무신련주가 맹주님을 뵙겠다고 하십니다!"

"……!"

"……!"

전혀 생각지도 못한 일에 모두가 경악한다.

이학산만큼은 당연하다는 듯이 자리에서 일어났다.

"먼 곳에서 직접 손님이 오셨는데 주인이 이렇게 있을 수는 없지요."

*　　　*　　　*

의천맹의 군영은 일대 소란이 벌어졌다.

검의 날을 갈고 있던 자들도, 조용히 숙면을 취하고 있던 자들도, 명상을 즐기고 있던 자들도 모두 밖으로 나와선 절대 여기에 있어서는 안 될 손님을 맞았다.

"낄낄낄. 이거 엄청난 환대에 몸 둘 바를 모르겠는데?"

"그러게? 이렇게 많은 인기를 한 몸에 받는 건 난생처음인 것 같아."

"이참에 여기 눌러앉을까?"

"왜? 배신이라도 하려고?"

"아니. 여기서 살면 불로장생할 것 같지 않나?"

"욕이란 욕은 다 먹을 수 있으니까?"

"그럼!"

"그것도 좋군. 진시황도 아주 흡족해하겠어."

"그럼그럼."

살기가 비수가 되어 쿡쿡 찌르는데도 불구하고 간독과 마구유는 서로 농담을 주거니 받거니 하면서 의천맹 무인들에게 냉소를 날렸다.

그렇게 노려보면 어쩔 거냐? 검이라도 날릴 셈인가? 해 보면 얼마든지 해 보아라.

하지만 다들 이를 갈거나 검병으로 손을 가져가기만 할 뿐, 어느 누구도 귀병가에게 몸을 던질 생각을 하지 못했다.

비록 적과 마주한다 하더라도 '예를 다해야 한다고 배운 그들로서는, 사신의 자격으로 방문한 이들에게 해코지를 한다는 것은 자존심상 절대 있을 수 없는 일이었다. 간독과 마구유도 그런 사실을 너무나 잘 알고 있었기 때문에 이렇게 깐족댈 수 있는 것이다.

하지만 적당한 도발은 괜찮아도 도가 지나치면 안 된다. 더군다나 귀병가의 어깨에 일 만에 가까운 무신련 무인들의 목숨이 걸려 있는 지금은 더더욱.

무성이 말한다.

"둘 다 그만해."

"예이예이. 그럽죠."

"나도 주둥이가 아팠는데 잘됐네."

간독과 마구유는 너스레를 떨면서 한 명은 좌측으로, 다른 한 명은 우측으로 고개를 돌린다. 송곳니를 잔뜩 드러내는 두 사람의 눈은 여전히 얼마든지 덤비라는 도발을 잔뜩 담는다.

반면에 구법승은 주변 무인들과 시선을 마주할 생각도 하지 않은 채, 눈을 질끈 감고서 산문에서 가져온 염주를 가만히 굴리기만 한다.

"아미타불…… 아미타불……."

그로서는 얼마 전까지만 해도 같이 구대 문파라는 틀 안에서 지내던 이들을 적으로 대하는 게 쉽지 않았다. 그것은 남소유도 마찬가지였는지 살짝 긴장한 기색이 역력하다.

무성은 상반된 가솔들의 반응을 어떻게 유도할 생각을 하지 않았다. 그저 안내를 맡은 옥천균의 뒤를 따르며 군영 가장 깊숙한 곳으로 들어간다.

영통안이 활짝 열린다.

감각이 계속 확장을 하면서 군영을 전부 훑는다.

그 결과 느낀 것은,

'호굴(虎窟)이야. 이곳은.'

낭천막 때와는 다르다. 그때는 단합이 안 되고 거품만 끼어 있던 것들을 거두기만 했으면 됐지만, 의천맹은 절대 거품 따위가 아니다. 수백 년 동안 강호의 하늘을 자처했던 진짜배기다. 소림, 무당, 화산, 종남이 빠졌다지만, 이들도 그에 못지않은 강자들이다.

만약 이들이 미친 척하고 귀병가들을 제거하기로 마음을 먹는다?

　제아무리 무성이 입신에 올랐다고 한들, 아직 무신의 유진과 천마의 잔재도 모두 수습하지 못한 상황에선 위험하기만 하다.

　특히나 가장 중심부에 위치한 서른세 명의 고수들은 하나하나가 엄청난 전력을 자랑한다. 무성 다음으로 귀병가 내 최고 전력이라 할 수 있는 남소유와도 일전을 겨룰 만한 자들이 다섯이나 된다.

　그야말로 범의 아가리 속에 스스로 발을 들인 꼴이 아닌가.

　이것은 무성으로서도 도박이었다.

　무신련을 기련산에 도착하게 하고, 련 내의 세작을 확실하게 걸러 내기 위한 도박.

　탁!

　그때 다섯 사람의 걸음이 멈춘다.

　저 멀리서 일련의 무리들이 다가오고 있었다. 하얀 수염을 날리는 서른세 명의 노인들. 여태 비웃음을 던지던 간독과 마구유도 긴장으로 표정이 굳는다.

　그들도 마찬가지로 걸음이 멈춘다.

　검로와 귀병 사이엔 보이지 않는 기 싸움이 벌어졌다.

　선두에 있던 이학산이 공손히 포권을 취했다.

　"오랜만입니다, 창붕. 여기까진 어떤 연유로 발걸음을 하셨는지요?"

무성은 아무렇지 않게 대답한다.

"의천맹을 부수러 왔소."

"……!"

"……!"

순간, 살기가 태풍처럼 휘몰아쳤다.

오만하기 짝이 없는 무성의 발언에 의천맹은 그야말로 톡 건드리면 바로 폭발해 버릴 것 같은 그런 분위기가 되어 버렸다.

간독과 마구유는 놀란 눈으로 무성을 쳐다보다가 결국 고개를 절레절레 흔들었다.

'저래 놓고선 우리한테는 도발하지 말라고? 하여간 자기가 하는 짓은 생각도 안 하고. 콱!'

간독은 마음 같아서는 무성의 반들반들한 뒤통수를 한 대 때려 주고 싶었지만 상황이 상황이라 그러지 못하는 게 참 아쉬웠다.

"감히……! 감히 네깟 놈들이 본 맹의 운명을 입에 담는단 말인가?"

그때 이학산 뒤쪽에 서 있던 검노들 중에서 한 명이 엄청난 기세를 흩뿌리며 앞으로 나섰다. 일로는 턱을 부들부들 떨며 매서운 안광을 뿌렸다.

물론 간독에게는 전혀 통하지 않았지만.

"거참, 늙은이 기력 좋은 거 보소. 딱 봐도 오늘내일하게 생겼는데 성깔 한번 죽이네."

구법승의 눈초리가 파르르 떨린다.

"산천자(汕天子) 시주……."

"음? 아는 얼굴인가?"

"점창파의 전대 장문인의 사형이십니다. 본사와도 어느 정도 교분이 있었지요."

"오? 그럼 칼질 좀 하겠네?"

구법승은 쓰게 웃는다.

"'좀' 쓰는 정도는 아니지요."

"그럼?"

"'잘' 쓰는 정도입니다."

"캬! 그 정도야? 늙은이가 좀 대단한데?"

세월이 지나 구법승도 이제 귀병가의 말투에 어느 정도 익숙해졌다. 덕분에 간독은 쉽게 이해를 하면서 살짝 놀란 눈이 된다.

잘 쓰는 정도라?

그럼 최소한 자신보다는 낫다는 의미일 테고, 남소유가 나선다고 해도 승부를 장담할 수 없다는 뜻이겠네?

'갈퀴로 긁으면 긁어 댈수록 고수가 우수수 쏟아지는 게 구

대 문파라더니. 딱 그거네.'

그만큼 저들이 가진 저력이 대단하다는 뜻이겠지.

산천자가 소리를 지른다.

"말하라! 네놈들이 어찌 본 맹의 운명을 쉬이 입에 담는가?"

무성이 무뚝뚝하게 대응한다.

"당신들은 세상에다 본 련의 운명을 끝내겠다며 떠들고 다니는 것으로 알고 있소. 그대들은 되는 것이고, 본인이 하면 안되는 것이오?"

"이놈이……!"

그때 이학산이 손을 뻗어 일로를 제지하며 물었다.

"이렇게 직접 찾아오셨다면 어떤 용건이 있으실 텐데요? 단순히 무신련을 쫓는 걸 그만하라는 말씀을 하시러 오신 거라면 잘못 찾아오셨습니다. 어떤 조건을 내걸어도 본 맹은 절대 공격을 멈출 생각이 없으니까요."

"본인 역시 단순히 그런 걸 제의하러 온 것이 아니오."

"그럼요?"

"말하지 않았소? 맹을 부수러 왔다고."

이학산이 가볍게 웃는다.

"낭천막을 제거하는 데 성공하셨다는 말은 들었습니다. 하지만 본 맹 역시 그네들과 똑같이 여긴다면 큰코다치실 것입니다."

"한때 당신들보다 위험했던 무신련과도 겨룬 적이 있고, 야별성과도 싸운 적이 있으며, 이제는 황실을 적으로 두고 있소. 의천맹이라고 해서 다를까?"

그 순간, 여유롭게 훈훈한 분위기를 만들어 내던 이학산의 미소가 뚝 그친다.

무표정으로 돌아서자 분위기가 반전된다.

눅눅해진다. 무거워진다.

마치 하늘, 그 자체가 이쪽을 찍어 누르듯이 공기의 질이 달라졌다.

단순히 감정의 변화만으로 기세를 이렇게 자유롭게 전환시킬 수 있다니.

생각지도 못한 이학산의 깊은 경지에 사람들이 놀란 얼굴이 된다. 검로들은 눈에 띄게 반색하고, 귀병의 안색은 딱딱하게 굳는다.

"묻지. 그대들 다섯이서 본 맹을 어찌 부수겠다는 것입니까?"

"단순히 조직의 체계를 부수는 것만이 능사는 아니지. 그네들의 근간이 되는 자신감을 부수는 것만 해도 충분할 것이오."

"하면?"

"무신련의 이름으로 청하오."

무성의 눈이 요요히 빛난다.

"의천맹에 오연비무(五連比武)를 요구하는 바이오."

"흐음……!"

"음!"

검로들이 하나같이 침음성을 터뜨린다. 그만큼 오연비무가 의미하는 바는 아주 크다. 몇몇 검로는 왜 녀석들이 이런 수를 쓸 거라고 진즉에 생각하지 못했을까 자책하기도 했다.

오연비무.

이름 그대로 다섯 명이 잇달아 치르는 비무를 뜻한다.

아주 오래전부터 주로 구대 문파 간에 갈등이 벌어지면 이것을 중재 및 해결 방도로 치르곤 했다.

보통 구대 문파는 자신들의 터전을 잘 떠나질 않는다. 수도 자로서의 삶을 살기 때문에 속세의 이권 다툼에 휘말릴 연유도 거의 없다.

하지만 이따금 일이 있어 하산을 하거나, 본산에서 수학해 속세로 내려간 속가제자들이 다른 구대 문파 출신들과 갈등을 빚는 경우가 왕왕 있다.

중소 문파들 간에 벌어진 일이라면 당사자들끼리 싸우거나, 문파 간의 전쟁을 치르면 그만이다.

하지만 구대 문파는 절대 그럴 수가 없다. 보통 문파와 다르게 장문인이라고 해서 그 문파 내 제일고수가 아닌 경우가 허다한 데다가, 문파 간의 항쟁이 벌어지면 결코 쉽게 끝나지 않는다. 일대 혼란이 벌어지는 것이다.

그렇다고 해서 그냥 넘길 수는 없는 일.

그래서 내놓은 방안이 오연비무다.

문제가 된 두 문파에서 각각 다섯 고수를 내놓아 순차적으로 비무를 치르게 한다. 그리고 이때 삼 승을 먼저 거둔 문파의 손을 들어주는 것이다.

문파의 전력을 깎아먹지 않으면서도 자존심까지 챙길 수 있는 방안이니 아주 좋다 할 수 있다.

물론 이러한 관습도 무신련의 출범 이후 쏙 사라졌다.

더 이상 구대 문파 간의 갈등은 필요 없어졌으니까.

무엇보다 구대 문파를 따라 이따금 치러지던 오연비무도 더 이상 계승되지 못했다.

무신련이 나서서 갈등을 중재하거나, 아니면 무신의 뒤를 밟아 헛된 꿈을 꾸며 전쟁을 치르기를 두려워하지 않는 분위기가 팽배하기도 했다.

그런 오연비무를 들고 올 줄이야.

하지만 여기엔 단 한 가지 허점이 존재한다.

상대방이 응하지 않으면 모든 것이 수포로 돌아간다는 것.

"본 맹이 거부한다면?"

"그럼 의천맹이 그것밖에 안 되는 것이겠지."

이학산도 더 이상 뭐라 말을 못하고 입을 꾹 다문다. 검로들 역시 부들부들 떨기만 한다.

"의천맹이 원하는 것이 무엇이오? 단순히 본 련이 사라진 자리를 대체하는 것? 그렇다면 거부하시오. 여기에 계신 분들이 모두 나서서 우리를 잡고자 한다면야 그것보다 쉬운 방법이 어디 있을까?"

"……."

"하지만 그대들이 원하는 것은 다른 것이 아니오?"

"뭐라 생각하십니까?"

"하늘."

"……!"

"무신 백율이란 거대한 존재를 이 세상에서 완전히 지우고 당신들의 색으로 채우기를 바라지. 그래서는 본 련의 망령을 지울 필요가 있지 않겠소?"

"……그러니 단순히 황실에 업혀 뒤를 쫓을 생각만 하지 말고, 정정당당하게 앞에서 부숴라?"

강호의 근간은 무(武).

구대 문파 역시 무인 집단이니 당당하게 무로서 무신련을 꺾으란 의미다.

"받아들이는 건 그대들이오."

잠시 침묵이 흐른다.

이학산은 '끙'하고 앓았다.

"……정말이지 창붕, 당신은 여러 가지 선택지를 던져 주는 것 같으면서도 실제로는 한 가지만을 고르도록 내모는군요."

초왕부에서나 여기에서나 참 달라진 것이 없으십니다, 라고 작게 중얼거리며 고개를 든다.

"좋습니다. 그 제안, 받아들이도록 하죠."

이학산의 눈이 차갑게 번뜩인다.

"오늘 이후로 무신련을 지워 드리겠습니다."

"바라던 바요."

*   *   *

"인원은 어찌 뽑을 텐가?"

의천맹에서 다급히 무대를 만드는 동안, 일로는 다급히 이학산을 찾아왔다. 그의 얼굴은 많이 초조해 보였다.

이학산이 살짝 쓰게 웃는다.

"나서고 싶으십니까?"

"그걸 말이라고 하는가!"

점창파의 제일 고수. 그것만 하더라도 충분히 영광을 누릴 수 있으리라.

세월만 조금 비껴갔더라면.

하지만 일로 산천자는 영광을 누린 적이 없다. 오로지 오욕과 치욕의 세월만을 보내야 했다.

점창파에서 우뚝 섰을 때는 당시 창마가 기승을 부리며 그를 꺾어 버렸고, 그다음에는 무신이 그를 눌러 버렸으며, 다시 세상에 나왔을 때는 해남검문에 능욕을 당해야만 했다.

어찌 이럴 수 있단 말인가!

왜 세상은 자신에게 무엇 하나 누릴 기회를 주지 않는단 말이냐!

그래서 일로가 더더욱 이학산을 기르는 데 가장 열과 성을 다한 것인지도 모른다. 사문에서 답을 구할 수 없으면 다른 곳에서 데려와 더 크게 키워 버리면 된다는 생각으로.

하지만 후대에 업을 계승시킨다고 한들, 본인이 평생 동안 받아야만 했던 상처는 어찌 치유를 할 텐가. 단 한 순간만이라도 양지로 나오고 싶은 마음은 굴뚝같을 것이다.

그러던 차에 무신련이 제 발로 찾아왔다.

일로는 깨달은 것이다.

이것이야말로 살아생전에 하늘이 마지막으로 자신에게 준 기회라는 것을.

그러나 그런 세월을 겪은 것이 어디 일로 한 사람만 있을까.

"나도 참여하고 싶네, 맹주."

"나를 보내 주게!"

"나를!"

"나를……! 부디!"

이학산은 스승들의 간절한 염원에 어쩌지 못하고 씁쓸하게 웃어야만 했다.

'잠시 잊고 있었다. 이분들 역시 무인이란 사실을.'

평생을 사문과 의천맹을 위해 바쳤다지만, 세월도 이들의 가슴속에 품은 뜨거운 열의를 식히지는 못했던 모양이다.

'창봉, 이런 걸 노린 거였소?'

다섯이라 한정하면서 여기에 들지 못한 사람들이 불만을 가지도록 만든 것인지도 모른다. 평생 인정을 못 받았던 이들이 조직 내에서도 인정을 받지 못한다면 불만을 가질 수밖에 없을 테니.

그런 소소한 갈등이 나중에 큰 균열이 될 수도 있기 때문에 등골이 절로 싸늘해진다.

단순한 우연일 수도 있지만, 왠지 그가 본 무성이라면 충분히 가능할 수도 있다 싶었다.

황실에서도 쉽사리 어쩌지 못했던 초왕부를 단신의 무력과 궤계만으로 깨뜨려 버린 작자다. 의천맹이라고 해서 그러지 말라는 법이 어디 있을까.

'아니. 우리는 다르다.'

이학산은 고개를 털었다.

검로들은 다르다는 것을, 의천맹은 다르다는 것을, 저들에게 똑똑히 보여 줘야만 한다. 창붕이라는 벽도 못 넘고서야 어찌 하늘을 꿈꾼단 말이냐.

"이미 결정은 났습니다."

갑론을박을 벌이던 검로들이 모두 입을 다물고 이학산을 쳐다봤다.

*　　　*　　　*

간독이 묻는다.

"순번은 어떻게 정할 거냐?"

"이미 정해졌어."

"음?"

모두의 시선이 무성에게 향한다.

때마침 비무가 시작되려는지 저쪽에서 노인 한 명이 천천히 걸어 나왔다. 처음 분노를 터뜨려 대던 점창파의 고수, 일로 산천자다.

"하! 골치 아픈 상대 나셨네. 남씨 계집 정도는 나서야 할 것 같은데? 응? 야! 네가 거길 왜 가!"

간독을 비롯한 귀병들은 화들짝 놀랐다.

무성이 공터 쪽으로 걷기 시작했다.

그때 남소유가 무성의 팔을 붙잡았다.

"남 소저?"

"이걸 갖고 가세요."

남소유는 등에 매달고 있던 반검을 꺼내 무성의 손에 꽉 쥐여 주었다. 오랜만에 쥐어 보는 감촉에 무성의 눈이 저절로 커진다.

남소유가 싱긋 웃었다.

"비무에 참여하는 사람이 무기도 없다는 게 말이 안 되잖아요?"

물론 무성에게는 더 이상 무기가 필요 없다. 필요하다 싶으면 영검을 뽑아도 되고, 검결만 사용해도 된다. 그래도 이렇게 쥐여 주는 건 많은 의미를 담고 있는 거다.

무성은 손잡이에서 남소유의 체향이 느껴지는 것만 같았다.

아무도 없는 동굴 속의 면벽 수련.

오로지 할 수 있는 것이라고는 수련밖에 없었을 그녀에게 유일하게 옆을 지키고 있는 것은 이 반검이었을 것이다.

사부가 물려주었던 유품은 이제 그녀에게 둘도 없을 소중한 보물일 터. 그것을 쥐여 준다는 건 자신도 같이 싸우자는 의미를 담는다.

무성은 남소유의 미소가 참 아름답다고 생각했다. 원래 아름다운 여인이었다지만, 오랜만에 만난 그녀는 눈을 제대로 뜨고 보기에 힘들 만큼 아름답다.

이런 여인이 건네는 순수한 호의에 어느 남자인들 마음이 움직이지 않을 수 있을까.

오랜만에 이뤄진 해후이니 하고 싶은 말이 많았지만 상황이 여의치 않아 그러질 못했다.

하지만 지금 이 순간, 둘은 눈빛을 교환하는 것만으로 그 어떤 많은 대화로도 이룰 수 없을 감정을 나눴다.

'고맙습니다.'

'사랑해요.'

무성이 싱긋 웃는다.

"그럼 잘 쓰겠습니다."

무성은 반검을 챙기고 다시 몸을 돌린다.

따스한 감정이 심장을 스치고 지나가다가 이내 다시 싸늘함이 남는다.

무성은 다시 무표정한 얼굴로 돌아와 공터에 섰다.

일로는 마치 가을철 단풍처럼 얼굴이 울긋불긋했다. 감히 자신을 앞에 두고 시간을 끌었으니 화가 난 것이다. 하지만 무성은 일말의 사과도 없이 반검을 살짝 높이 들었다.

"시작하시겠소?"

일로가 인상을 잔뜩 찡그린다.

"이게 뭘 하는 짓이냐?"

"무엇이 말이오?"

"지금 네가 나서는 것! 지금 나를 우롱하는 것이냔 말이다!"

"……?"

무성이 무슨 영문인지 전혀 모르겠다는 듯 고개를 갸웃거린다.

하지만 그런 태도가 더욱 의천맹을 자극한다.

일성이 더 화를 내고 검로들이 술렁이는 가운데, 이학산이 묻는다.

"절 피하는 겁니까, 창붕?"

무성은 그제야 무슨 말뜻인지를 눈치채고 피식 바람 빠지는 소리를 냈다. 그것이 이학산 등에게는 비웃음으로 보여 인상을 더욱 굳게 만든다.

이들은 어째서 마지막 승부 때에 나오지 않느냐고 질책을 하는 것이다.

무신련주와 의천맹주.

두 조직의 명운을 걸자고 하면서 어째서 두 수장, 두 고수의 싸움을 피하고 다른 사람을 상대하느냐는 질책이 담겨 있다.

직접적인 승부를 피하고, 마지막 승부가 되기 전에 삼 승을 챙길 속셈이냐는 의미인 것이다.

무성은 두 눈을 활활 불태우는 수많은 눈동자를 담담하게 받아 내며 말했다.

"뭔가 오해를 하고 있는 모양이오."

"……?"

"본인이 말한 오연비무란, 그대들 중 다섯 명에게 본인과 검을 겨룰 기회를 준단 뜻이었소. 차륜(車輪)도 괜찮고 합공(合攻)도 괜찮으니 얼마든지 덤비시오. 본인은 이 자리에 있을 터이니."

무성이 차갑게 웃는다.

"그대들도 상대하지 못하고서야 어찌 하늘을 자처할 수 있을까?"

"……!"

"……!"

너희들의 도전 따위 얼마든지 받아 주겠노라!

의천맹 한가운데에서 터뜨린 오만한 발언은 단숨에 군영 전체를 휩쓸었다. 이학산 역시 전혀 생각지도 못한 일에 두 눈을 부릅뜨고 말았으니.

고의로 한 도발이라면 이것만 한 것도 없으리라.

"저, 저, 저……!"

"감히 본 맹을!"

"이노오오오오옴!"

특히 졸지에 가장 먼저 나서서 한참이나 어린 녀석에게 한 수를 배우게 생긴 일로는 더 이상 화를 참지 못하고 몸을 날렸다.

쐐애애애액!

대기를 찢어발기는 엄청난 파공성과 함께 날아든다.

"일로!"

"산천자! 아니 되오!"

검로들은 잔뜩 흥분한 일로가 걱정되어 다급히 말렸지만, 이미 일로의 검은 무성의 목젖을 향해 찔러 들어가고 있었다.

그야말로 시위를 떠난 화살처럼 너무나 빠른 일격.

사일(射日)이다.

해를 떨어뜨릴 정도로 대단하다고 알려진 점창의 비기. 일로는 한평생 오로지 사일검법에 매달리면서 그 끝을 봤다고 알려져 있다.

하지만,

"해를 떨어뜨리려 한다면 그 화살을 맞추면 그만."

무성은 작게 중얼거리면서 무심하게 몸을 틀었다. 반검이 둥근 궤적을 그리며 아래에서 위로 솟구친다.

사일은 빠르고, 반검은 느리다.

실제로 반검은 사일이 쏘아진 자리 뒤쪽으로 파고들었다. 밖에서 보면 반검이 일로의 허리춤을 갈라 간다고 한들 사일이 먼저 무성의 목을 꿰뚫을 것 같았다.

'그 시건방진 입도 여기까지다, 이놈!'

일로의 눈이 희번덕이는 순간,

퍽!

갑자기 둔탁한 타격이 복부를 세게 후려친다. 내장이 뒤집어지고 세상이 빙그르르 반전한다.

'어떻게 된······?'

일로의 생각은 더 이상 이어지지 못했다. 어둠이 정신을 잡아먹으며 그대로 끊어졌다. 그의 비루한 몸뚱이는 허공으로 떠올랐다가 이학산의 발치 앞으로 툭 떨어졌다.

잠시간 침묵이 흐른다.

이학산 다음으로 제일 강할 것이라 평가받던 일로가 단칼에 나가떨어지다니!

게다가 이 자리에 있는 이들 중 대다수는 도무지 일로가 어떻게 당했는지 제대로 보지도 못했다. 분명 그들의 눈에는 일로의 검이 더 빨랐던 것으로 보였으니.

더구나 일로의 몸에는 상처도 남아 있지 않았다.

'검날이 아닌 검면으로 가격했다!'

사실을 눈치챈 검로들의 등골을 따라 오싹하게 소름이 돋는다. 본디 승부에서 상대를 이기는 것보다 제압이 훨씬 어려운 법이다. 특히 아무런 상처도 없이 말끔하게 제압했다는 것은, 실력 차이가 하늘과 땅 차이만큼 난다는 뜻이 된다.

이학산의 눈썹이 파르르 떨린다.

특히 일로를 가장 먼저 보내자고 의견을 내놓았던 그로서는 생각지도 못한 패배에 충격을 먹고 말았다.

첫 번째 비무에 검로 내 최강자를 내보내어 압도적으로 귀병을 찍어 눌러 잠정적으로 승세를 이쪽으로 끌어오겠다는 계획이었다. 그런데 보라는 듯이 너무 무참하게 부서졌다.

아니, 부서진 정도가 아니다. 처참하게 짓밟히고 말았다!

팟!

다음 공격은 예고도 없이 이어졌다.

검로 내에서 가장 발이 빠른 오로(五老)가 기습적으로 나선다. 자칫 이 상황을 보고 있는 제자들의 자존심에 금이 가는 안 좋은 처사가 될 수도 있었지만, 지금은 당장에 어떻게든 무성을 꺾을 필요가 있었다.

그만큼 그들은 사정이 다급했다.

슥, 슥, 슥!

발을 놀릴 때마다 허공 위를 스치듯이 빠르게 내달리기 시작한다.

운룡대팔식(雲龍大八式)이다. 곤륜이 자랑한다는, 무당파의 제운종과 함께 구대 문파 내 최고의 보법이다.

다리가 한 번씩 허공을 박찰 때마다 검에 부하되는 회전도 곱절로 늘어난다. 결국 마지막 여덟 번째에 다다랐을 때에는 이대로 대기가 터져나가는 게 아닐까 싶을 정도로 맹렬한 회전력을 자랑했다.

그것만이 아니다.

오로가 무성의 시야를 한가득 메울 무렵, 이번에는 뒤쪽 양 사각지대에서 삼로(三老)와 사로(四老)가 나섰다.

파밧! 팟!

청성파 출신인 삼로는 검이 아닌 장법을 펼쳤다. 손을 허공에다 뿌리자 손바닥이 단숨에 천여 개로 불어나면서 공간을 가득 메운다. 쇄비천수장(碎碑千手掌)이다.

반면에 공동파 출신인 사로는 공동파 내에서도 제일인에게만 대대로 전수된다는 대주천복마검(大週天伏魔劍)을 선보였다. 사방에서 검풍이 매섭게 휘몰아치고, 검기가 소낙비처럼 쏟아지며, 검강이 그 사이로 파고들면서 무성을 난도질할 것처럼 달려든다.

그야말로 경천동지할 위력!

하지만 검로들은 잊지 않았다.

오늘 아침에 점창파의 제자가 올렸던 보고를.

"십로 이하의 분들이 나서신다면, 필패. 오로 이상의 분들이 나서신대도, 필패. 하지만 십로까지 분들이 합공을 하신다면, 동률."

열 명이 나서야 겨우 실력이 엇비슷할 것이라고 하지 않았던 가. 그런데 고작 그들 셋이서 덤빈다고 한들 무성을 거꾸러뜨리지는 못할 것이다. 그렇다면 다른 이들도 나서야 한다.

파바박!

검로들은 서로 약속이라도 한 듯이 일제히 일사불란하게 움직였다. 쓰러진 일로를 제외한 십로 이상의 장로들은 가장 전면에 나서서 삼로, 사로, 오로를 단단히 받쳐 공세를 더하고, 뒤쪽으로는 나머지 삼십삼로들이 뱅그르르 회전을 시작하면서 검진을 갖춘다.

그들의 동작은 마치 자로 잰 듯이 딱딱 맞아 들어간다.

과연 무성은 알까?

이들이 손발을 맞춘 지 아주 오래되었단 사실을.

오로지 무신 백율을 잡겠다는 일념 하나만으로 오랜 세월을 들여 완성한 검진은, 달리 이름도 없다. 그만큼 의천맹이 무신련에 가진 원한이 컸다는 뜻이다.

사부를 잡기 위해 훈련한 검진이 제자를 잡고자 한다.

검로들이 폭풍처럼 휘몰아치는 한가운데에 서서 무성은 갑자기 반검을 아래쪽으로 살짝 내리뜨렸다. 그러고선 꼭 쥔다.

징, 징, 징—!

반검이 반갑다는 듯이 울어 댄다.

"그래. 나도 반갑구나. 그러나……."

아래에서 위로, 반검을 올려친다.

"한번 어울려 보자."

콰콰콰콰!

매서운 검압이 공간, 그 자체를 밀어 버린다. 대기가 떠밀려
나면서 엄청난 지진이 울린다. 아니, 이건 지진이 아니었다. 보이
지 않는 어떤 것에 의해서 공간이 울리고 있는 것이다.

그리고 그 공간 안에 있던 검로들은 어떻게 피할 수 있는 방
도가 전혀 없었다. 떠밀려 난 공간을 따라 엄청난 강풍이 파문
형태를 그리면서 잇달아 퍼져 나가 가까이 있던 십로 내의 고수
들을 쓸어버리고, 연이어 진공 상태를 메우기 위해 바깥에서 밀
려들어 오는 바람이 외곽에 있던 검진을 해일처럼 덮쳐 버린다.

밀려나는 바람과 들어오는 바람이 한데 맞물리면서 마치 태
극 모양을 그리니, 엄청난 와류가 크게 일어나 용권풍을 토해
냈다.

콰르르르르─릉!

회오리바람은 서른두 명의 검로들을 모두 깡그리 쓸어버리
고도 한참이나 이어졌다. 쿠릉, 쿠릉, 하며 천둥소리가 울릴 때
마다 의천맹 무인들은 심장이 덜컥 내려앉는 느낌을 받아야만
했다.

그들의 눈에는 무성이 더 이상 타도해야 할 대상이 아닌 절
대 범접할 수 없는 대상이 되고 말았다.

저자는 인간이 아니다!

신이다, 신!

무신이 강림했다!

머릿속이 창백하게 물들며 경종이 수없이 울리는 가운데, 영원히 이어질 것 같던 용권풍이 서서히 사그라지면서 무성이 나타났다.

뒤집어진 땅거죽, 사방으로 그어진 균열, 도처에 쓰러져 버린 검로들. 공터에 오롯이 서 있는 것은 무성밖에 없었다.

문제는 검로들 중에 상처를 입고 피를 토하는 사람은 있을지언정 죽은 사람은 어디에도 없었다. 일로 때처럼 역시나 압도적인 실력 차로 찍어누른 것이다.

일검이다.

단 한 번의 칼질로 의천맹이 자랑하던 검로들을 모두 쓰러뜨렸다.

경악과 침묵만이 내려앉은 가운데, 무성이 무심한 눈길로 의천맹을 쓱 훑어보았다. 이학산은 아랫입술을 질끈 깨물며 서 있었다.

그들을 보며 묻는다.

"세 번째는, 누구요?"

第三章

이학산의 검

바드드득!

이학산이 이를 간다. 언제나 누구에게나 예를 갖추던 그지만 지금만큼은 도무지 참을 수가 없었다. 두 눈이 흉흉하게 빛난다.

"지금…… 세 번째라고 하시었습니까?"

비무에서 합공을 한 것은 어디까지나 자신들이다. 그러고도 깨지고 말았으니 구대 문파의 자존심은 이미 땅에 추락해 버렸다.

그런데 무성은 아예 마지막 남은 자존심마저 발로 짓밟아 버렸다.

합공을 비무 중 두 번째로 친다는 뜻이 아닌가.

"그대요?"

무성이 무심하게 반문한다.

그것이 이학산의 마지막 남은 이성 줄을 끊어 버렸다.

"좋……습니다. 그 세 번째, 제가 나서도록 하지요."

이학산이 앞으로 나서며 검을 뽑아 든다.

스르릉!

청성파가 자랑하는 장문인의 신물, 청풍(淸風)이다. 원래 이학산의 별호였던 청운비호를 상징하던 검이기도 하다.

팟!

이학산은 아주 가볍게 땅을 박찼다. 마치 바람이라도 된 것처럼 표홀하게 다가와 검을 내려친다.

무성이 재빨리 반검을 들어 올린다.

챙!

검과 검이 부딪치는 경쾌한 금속음과 함께 불똥이 튀고,

콰르르르르—르!

갑자기 천지 사방을 찢어발기는 것이 아닐까 싶은 엄청난 폭풍이 사방으로 휘몰아친다.

"이, 이게 뭐야!"

경극을 관람하듯이 기분 좋게 구경하던 간독의 얼굴에 경악이 한가득 퍼진다. 다른 귀병들 역시 놀란 얼굴이 되고, 의

천맹은 아예 굳어 버렸다.

폭풍은 거기서 끝나지 않았다.

쾅, 쾅, 쾅!

콰르르르—! 콰르르르—! 콰르르르—!

검격이 부딪칠 때마다 천둥이 치면서 엄청난 폭풍이 쉴 새 없이 터져 나온다.

단순히 검을 몇 번 교환한 것에 불과하지만, 그 탓에 이미 무성과 이학산이 디디고 있던 땅거죽은 아예 뒤집어지고 그 위로 먼지구름이 뭉게뭉게 일어났다.

"저, 저놈들, 지금 설마 노인네들을 단번에 때려눕힌 그 칼질로 계속 부딪치고 있는 거야? 뭐 저딴 놈들이 다 있어?"

간독의 눈에 녀석들은 별 인간 같지도 않은 작자들이었다. 무슨 저런 놈들이 다 있단 말이냐.

특히 이학산은 더 믿기지 않는다.

간독이 알기로 이학산은 원래 청성파에서 촉망받는 장문인 후보였지만, 그래 봤자 수많은 후기지수 중 한 명에 불과했다.

그런 작자가 갑작스레 무성과 견줄 만한 능력을 안고 나타날 줄이야.

저런 게 가능한가?

아무리 구대 문파가 머리를 맞댔다고 한들?

'아니. 가능하긴 해.'

간독은 절대 불가능을 말하지 않는다. 자신 역시 그런 경험을 겪었으니. 단 몇 달 만에 절정고수의 수준에 다다르게끔 해 줬던 신비의 무학.

'이법! 만약 구대 문파도 이법을 손에 넣었다면?'

무성에게 듣기로 무신 백율이 혼명이라 칭한 이 무공은 무신조차도 비밀을 제대로 풀지 못했다고 한다.

그중 일부가 만약 구대 문파 손에도 있었다면?

거기에 대한 간독의 감상평은 아주 간단했다.

"하! 씨발! 개나 소나 다 갖고 있었잖아!"

어차피 처음 소지하고 있던 북궁검가도 무신련의 보고인 무화총람에서 몰래 가지고 나왔던 것이지 않은가. 무신련에서도 실패하긴 했지만, 실제로 혼명을 바탕으로 실험을 하기도 했었고.

그것을 다른 문파에서도 비밀리에 입수했다고 하면 절대 이상한 일은 아닌 셈이다.

뭐, 이제는 별반 놀랍지도 않다.

의천맹은 아주 바빠졌다.

도저히 인간이 벌이는 것이라고는 생각하기 힘든 싸움이 이어지는 판국이니 쓰러진 검로들이 행여 거기에 휘말릴까 봐 격정이 된 것이다.

다행히 이학산은 검로들이 쓰러진 장소는 반드시 피했다. 무성도 거기에 대해 무언으로 합의가 된 것인지는 모르지만, 다행히 검로들을 무사히 빼낼 수 있었다.

검로 중 몇 명은 의식을 되찾기도 했다.

"이거 놓거라."

"하, 하지만!"

"내 몸은 내가 잘 아니 괜찮다. 놓거라."

일로는 어쩔 줄 몰라 하는 막내 제자를 무시하고 가만히 비무장 쪽을 노려봤다.

쿠룽! 쿠룽! 쿠룽!

자신을 비참한 꼴로 만들었던 검격이 폭격처럼 계속 이어진다. 매서운 칼바람이 제아무리 불어닥쳐도 이학산은 일말의 물러섬도 없이 맞대응한다.

이미 비무장은 초토화가 되고, 무대는 다른 쪽으로 서서히 옮겨 가 막사가 차례로 쓰러진다.

그런데도 누구 하나 개입할 생각을 못 한다.

이것은 마치 신의 영역이라는 듯, 네깟 놈들이 함부로 범접할 수 있는 구역이 아니라는 듯이 시위를 해 댄다.

그것이 대견하다.

하지만 한편으로는 허망하다.

'평생을 들여도 난 이것밖에 안 되는 존재인가?'

자책감이 든다.

이렇게나 좁은 자신의 그릇이.

그래서 질투가 났다. 자신에게는 주어지지 않은 천운이.

"혼명. 그깟 혼명이 그렇게나 대단하단 말이냐? 도대체 그게 무엇이건대?"

세상 사람들은 모른다. 지난 삼십여 년간 강호의 근간을 뒤흔들었던 무공이 있다는 사실을.

하늘을 자처하던 구대 문파로서는 가슴이 서늘해지고, 야별성에게는 기대를 가지게 만들었으며, 무신련에서는 경악만을 가져다주었던 무학 체계.

그것이 어디서 흘러들어 왔는지는 아무도 모른다.

그냥 나타났다.

마치 하늘에서 툭 떨어진 것처럼.

누군가가 고의로 드러낸 것처럼.

지금이야 혼명에 대한 단서가 사실 대영반 진성황에게서 흘러나온 것이 아닐까 하는 막연한 추측을 할 수 있었지만, 그때까지만 해도 구대 문파로서는 어떻게든 혼명에 대한 것을 물어야만 했다.

자칫 혼명을 바탕으로 언제 자신들의 지배권을 뒤흔들어 버릴지도 모르는 노릇이니.

혼명을 익히는 것이 거의 불가능에 가깝고, 익힌다고 해도 수많은 부작용이 따르긴 하지만, 만분지 일의 가능성이라도 이것을 완성하는 작자가 나타나면 모든 게 끝날 수 있었다.

하지만 구대 문파로서도 훗날의 일은 어떻게 될지 모르는 것이기에, 불완전한 혼명을 메우기 위해 아홉 장문인들이 머리를 맞대어 오행신대공을 완성시켰다.

그리고 사장(死藏)시켰다.

절대 세상에 나타나지 않기를 간절히 바라면서.

하지만 영원히 빛을 못 보게 하고 싶었던 두 가지 현실이 여기 이 자리에 나타나고 말았다.

혼명을 완성시킨 자와 오행신대공을 완성시킨 자.

하나의 원류에서 시작된 두 무인이 승부를 겨룬다.

그것이, 못내 참을 수가 없었다.

정녕 구대 문파로서는 더 이상 하늘이 될 수가 없단 말인가! 저깟 근원도 모르는 것에 주도권을 내주어야 하냔 말이다!

"사, 사부님?"

옆에 있던 제자는 일로의 갑작스러운 변화를 보고 흠칫 놀랐다.

다른 검로들은 이학산이 잘못되지는 않을까 우려하면서도 대견스러워하는 얼굴로 바라보고 있건만, 어째서 일로는 저토록 화를 내고 있는 건지.

두 눈에서 타오르는 귀화는, 마치 세상을 불태울 것만 같은 원념을 한가득 품고 있어 절로 소름이 돋게 만들었다.

"막내야."

"예, 예!"

목소리까지 스산하기만 하다.

"무신련의 뒤를 추격하던 본 맹의 병력은 어디까지 움직였느냐?"

"이, 이미 거, 거의 다 잡아서 총공격만을 나, 남겨 뒀다고 아, 알고 있습니다. 다, 다만, 매, 맹주께서 무신련주의 행방을 저, 정확히 알기 전까지는 고, 공격을 보류하신다고 하시어서……."

사실 이 자리에 있는 이들은 구대 문파에서 각별히 키운 본산 제자들이다. 후미를 받치고 지휘를 도맡는 본부로서 때를 기다리고 있다.

대신에 의천맹의 주요 구성원을 이루는 속가 연맹은 이미 무신련의 턱밑까지 추격한 상태였다. 특히 감숙과 사천에 위치한 공동, 청성, 아미는 발 빠르게 움직여 성계(省界)를 따라 철저한 천라지망을 갖췄다.

그렇게 해서 의천맹이 맡기로 한 자들은, 남쪽을 따라 길게 이어진 진령산맥을 넘으려 하는 창봉군이었다.

하지만 이러한 만반의 준비와 다르게 아직 공격이 이뤄지지 않았으니, 바로 뒤따라서 합류를 해 현무군을 치기로 되어 있던 낭천막이 갑작스럽게 몰락을 해 버린 것이다.

제아무리 의천맹에서 한낱 낭인 찌꺼기에 불과한 낭천막을 업신여긴다고 한들, 그들의 수장인 목종까지 무시할 수 있는 것은 아니었다.

그는 구대 문파로서도 어쩌지 못하는 신주삼십육성의 고수이며, 또한, 조정으로부터 관직을 받은 무장(武將)이었으니.

결국 관군은 사자군을, 의천맹은 창붕군을, 낭천막은 현무군을 치기로 합의되었던 지난 육린 회의의 결과에 텅 빈 허점이 생기고 말았다.

그리고 그런 원인을 제공한 무성이 어디로 이동하는지를 파악하고 난 후에야 무신련 공략을 마무리할 수 있을 것이어서, 녀석의 동향을 철저하게 살피는 한편, 언제라도 명령을 내릴 수 있도록 만반의 준비를 갖추고 있었건만!

하지만 녀석은 여기서 나타나고 말았다.

아주 기세등등하게.

"관군은?"

"그, 금의위 측에서도 이미 사자군을 거의 궁지로 몰아넣었다고 전갈이 와, 왔습니다."

"그래도 다행히 쓰레기 같은 낭천막과 다르게 동창과 은영산(隱映山)은 제대로 돌아가고 있었나 보군."

은영산. 은은하게 비치는 산. 황룡각 내에서도 극히 일부 수뇌만이 알고 있는 여섯 번째 조직이다. 비밀에 둘러싸여 있어 그 구성원들도 서로 간의 존재를 모른다는 곳.

그리고…… 지난 수십 년 동안 무신련의 중추에 아주 깊숙하게 숨어 있던 곳이기도 하다.

오늘날 이뤄진 무신련 몰락의 팔 할 이상은 그들의 몫이라 해도 과언이 아니니.

지금도 그들이 계속 정보를 제공하고 있기 때문에 뿔뿔이 흩어진 무신련의 잔당들을 빠르게 추적할 수 있는 것이다.

그리고 녀석들은 자신들도 모르는 사이에 서서히 제 발로 범의 아가리 속으로 걸어 들어가고 있었다.

"너는 지금 즉시 속가 연맹과 대영반, 그리고 은영산 쪽에도 연통을 넣어라. 지금 당장 총 병력을 동원해 무신련의 잔당들을 모두 쓸어버리라고!"

"하, 하지만 아직 매, 맹주님의 재가가……!"

"멍청한 놈!"

일로는 흉신악살처럼 얼굴을 일그러뜨리며 호통을 쳤다.

제자는 안색이 파리해지며 몸을 떨었다.

"어찌 그리도 사태의 경중을 읽는 눈이 부족한 것이야? 그동안 공격이 보류되었던 것은 무신련주의 행방이 묘연했기 때문이 아니냐! 하지만 놈의 발목이 여기에 묶여 있는 이상, 당장 속개를 하면 될 것을 무엇하러 시간을 끈단 말이냐! 맹주께서 저렇게 다망하신데도 이런 소소한 일까지 신경을 쓰시게 만들어야 한단 말이냐!"

앞뒤 구구절절 옳은 말이다. 더 이상 방해가 되는 것이 없다면 치우는 게 맞다.

하지만 이학산의 허락도 없이, 그도 모르게, 비무를 치르는 와중에 갑작스럽게 병력을 이동시키다니. 그 자체가 맹주의 위신에 타격을 줄 수 있는 일이다.

하지만 일로는 쐐기를 박아 버렸다.

"이것은 검로장(劍老長)으로서 내리는 명령이다! 지금은 선조치 후보고 형태로 해 두고, 맹주께는 내가 나중에 따로 말씀을 드리겠다!"

"……아, 알겠습니다."

"그럼 어서 움직여라!"

의천맹 서열 이 위인 자신이 책임을 지겠다고 나선다면 어쩔 도리가 없다.

제자는 다급히 움직였다.

일로는 주먹을 꽉 쥐었다.

'절대, 절대 가만히 두지 않으리라……!'

주먹이 부르르 떨렸다.

잠시 후.

푸드득!

모든 이들의 시선이 한쪽에 쏠려 있는 사이, 의천맹 군영 한쪽 구석에서 수십 마리의 비둘기가 일제히 날아올랐다.

그리고 정확히 반 시진 후.

각지에 숨어 있던 병력들이 움직이기 시작했다.

무성과 이학산의 싸움은 끝을 모르고 이어졌다.

쿠릉! 쿠릉!

검격이 쉴 새 없이 휘몰아친다. 둘 다 어느 것 하나 피하지 않고 일일이 정면에서 맞대응하며 부딪치고 또 부딪친다.

암습이나 기습 따윈 없다.

잔수를 써서 교묘하게 빈틈을 노리려는 시도 따위도 없다.

오로지 힘.

무력으로 상대를 확실히 꺾어 버리고자 한다.

덕분에 두 사람이 있는 자리는 더 이상 남아 나는 게 있을까 싶을 정도로 엉망이 됐다. 검격이 부딪칠 때마다 퍼져 나가는 후폭풍이 잇달아 막사와 창고를 쓸어버리면서 의천맹의 군영이 계속 무너져 내렸다.

그런데도 어느 누구 하나 접근할 생각을 하지 못한다. 그저 피하기 급급하며 자신들이 응원하는 수장이 이기기만을 간절히 바란다.

한편, 언제나 예의 가득하게 평온할 것만 같던 이학산은 초조했다.

구대 문파의 정수인 오행신대공을 완성하면서 이제 과거 무신에 못지않은 실력을 쌓았다고 자평했건만, 그런 기대가 완전히 무너져 내렸다.

'역시나 나는 아직 우물 안의 개구리였던가?'

스스로가 얼마나 오만했었는지를 깨달으면서도 도대체 무성이란 존재가 어떤 사람인지 짐작이 가질 않았다.

그래서 초조했다.

이만큼 따라잡았다고 생각했는데 이미 다시 저만치 달아난 상대를 더 이상 잡지 못할까 봐.

지금 무성을 잡지 못하면 영원히 잡지 못할 것 같다는 생각이 강하게 들었다!

'그렇다면……!'

순간, 이학산이 이를 악물더니 검을 쥐는 방향을 바깥쪽에서 안쪽으로 고쳐 잡았다. 그리고 검첨을 바닥으로 살짝 내렸다가 대각선 방향으로 쳐올린다.

콰드드드득!

검면이 신경질 나게 대기를 할퀸다. 이대로 검이 부러지는 게 아닐까 싶을 정도로 심하게 흔들리더니 마찰열과 함께 시 뻘겋게 달아오르면서 불똥이 튄다.

화르륵!

곧 청풍검은 불꽃에 휩싸였다.

이화검격(離火劍擊).

오행신대공을 이루는 다섯 가지 무공 중 화공 계열에 해당 하는 무공이다.

곧 이화검이 벼락처럼 무성을 때렸다.

쿠릉! 쿠릉! 쿠릉!

검병을 까딱거릴 때마다 벼락이 내리꽂힌다.

잇달아 매서운 일격이 내려칠 때마다 무성의 반검 역시 부러 질 것처럼 크게 휘청였다.

하지만 무성은 그때마다 검면을 비스듬하게 세워 벼락을 흘려 버리면서 안쪽으로 연격을 날렸다. 마치 꽃망울을 터뜨 린 벚꽃 잎을 베려는 사람처럼.

쉬쉬쉬쉭!

혹은 강물을 거슬러 올라가는 연어처럼 호선을 그리며 안 으로 파고들어 벼락의 허리를 후려치고, 다시 안쪽으로 들어 가 이학산의 허리를 갈라 간다.

이학산이 퇴보를 밟아 뒤로 몸을 물리면 이를 놓칠세라 다 시 반대 방향으로 호선을 그려 비스듬하게 내려친다.

그럼 그 위로 다시 불꽃을 휘감은 벼락이 떨어지면서 호선을 망가뜨렸다.

콰콰콰쾅!

끝까지 물고 늘어지려는 반검과 이것을 부숴 버리려 찍어 누르는 청풍검.

하지만 불벼락은 별다른 효과를 보지 못했다.

내려칠 때마다 귀가 멀 것 같이 엄청난 천둥소리를 동반하고, 눈이 갈 것 같이 샛노란 섬전이 터져 나간다.

하지만 무성은 일말의 흐트러짐도 없이 검면으로 공격을 아무렇지 않게 흘려 버리며 도리어 벌어진 틈 사이로 일격을 찔러 넣으니 도리어 이학산 쪽이 위기로 내몰린다.

무성은 마치 어망 안으로 물고기를 몰아넣는 사람처럼 쉴 새 없이 반검으로 호선을 잇달아 그리며 하체를 쓸어 갔다.

파라라락!

이학산은 높이 도약하면서 허공에서 몸을 틀었다. 발이 허공을 박찰 때마다 전신에 회전력이 실린다.

마치 그 모습이 허공을 노니는 신선만 같다.

곤륜이 자랑하는 운룡대팔식으로 공세를 피하며 무공을 전환한다. 강렬하기만 하던 청풍검의 움직임이 일순 부드러워지며 둥근 곡선을 그리던 반검을 맞대응한다.

유수검행(流水劒行)과 함께 마치 꼬리를 잡으려는 뱀처럼 악착같이 따라잡는다. 더 이상은 내몰리지 않겠다는 이학산의 강한 의지 표명이었다.

하지만 반검은 도리어 기다렸다는 듯이 더 세게 휘몰아치기 시작한다.

마치 비바람을 동반한 거친 태풍처럼!

까가가가강!

눈 깜짝할 사이에 벌어진 수십 번의 충돌.

"……!"

이학산은 이대로 손목이 떨어져 나가는 게 아닐까 싶을 정도로 강한 통증을 느꼈다.

엉겁결에 무공에 몸을 맡겨 쉴 새 없이 쏟아지는 검격을 모두 받아 내기는 했으나, 과연 이걸 어떻게 막아 냈나 싶을 정도로 엄청나게 빠르고 호쾌한 검세다.

덕분에 무당파가 자랑하는 유능제강의 이치를 담은 유수검행은 극한의 부드러움을 보여 주기도 전에 연결 고리가 끊어지며 잘게 토막이 나 버렸다.

이학산은 막아 내기에 급급한 나머지 자꾸만 뒤로 밀려났고, 무성은 이를 놓치지 않고 연거푸 공세를 취한다.

'어, 어떻게 이런!'

폭풍우처럼 휘둘러 대는 일격이 빠르다면 그만큼 반검에 담긴 무게도 가벼워야 하건만.

마치 이학산을 비웃기라도 하듯이 처음 이학산이 선보였던 이화검격의 위력이 담겨 있다. 마치 끊어지던 불벼락을 실로 엮은 것만 같다.

이대론 정말 위험해질 것 같다는 생각이 든다.

슥! 슥!

아니나 다를까. 벌써 투로가 꼬이기 시작한다.

반검의 일격에서 풍긴 매서운 칼바람이 옷을 여기저기 헤집는다. 소매가 벌어지고, 상의가 찢겨 나간다. 드문드문 상처가 벌어지며 핏방울이 보인다.

그런데도 이학산은 어떤 반격을 보이지도 못하고 자꾸만 밀려나기만 하니.

이마를 따라 식은땀이 흘러내렸다.

'이대론 정말 위험해!'

이학산은 이를 악물고 공력을 한껏 청풍검에다 끌어 담아 공세를 막는 대신 땅을 찍었다.

쾅!

땅거죽이 뒤집어지면서 둘 사이로 모래 기둥이 솟구쳤다. 방어에 주로 쓰이는 토둔검벽(土遁劍壁)이다.

이것이라면 아주 잠깐이나마 무성의 발을 붙잡을 수 있으리라.

일단 이학산은 간격을 최대한 벌리고 나서 한숨을 돌릴 생각이었다. 이대로 공세에 자꾸 휘말리게 되면 반격을 꾀하지 못한다.

하지만,

콰콰쾅!

토둔검벽은 수수깡처럼 너무나 허망하게 부서졌다.

팟!

무성이 단숨에 대기를 찢으며 이학산의 면전까지 도착한다.

"흡!"

이학산은 헛바람을 들이켜며 숨을 돌릴 새도 없이 청풍검을 들었다. 경금검환(硬金劍紈)으로 검을 넓게 펼쳐 최대한 막아 보려 한다.

하지만 그보다 무성의 일격이 먼저 떨어졌다.

쿠르르르릉!

강기로 똘똘 감긴 반검이 단숨에 청풍검을 가르고,

콰직!

청성파의 신물, 청풍검이 산산조각 나 수십 개의 파편이 흩뿌려지며,

퍼퍼퍼펑!

강기가 파산검휘에 따라 그대로 폭사해 이학산의 전신을 덮쳤다.

"컥!"

공세를 고스란히 뒤집어쓴 이학산은 피 화살을 토하면서 잔뜩 튕겨 났다.

단숨에 오 장 가까이 주르륵 밀려난다.

전신이 상처로 도배되다시피 하며 피를 잔뜩 흘린다. 혈인의 몰골이 되어 버린 이학산은 후들거리는 다리로 어떻게든 자세를 바로잡으려 했지만, 무성은 결코 이 틈을 놓치려 하지 않았다.

승기가 이쪽으로 거의 넘어왔다.

그렇다면 당연히 이럴 때 확실히 눌러 버려야만 한다.

쐐애애애애액!

무성의 무심하기 짝이 없는 얼굴이 이학산의 시야에 한가득 들어온다.

그리고,

쾅! 콰드드드드득!

반검 대신에 좌수를 활짝 펼쳐 가슴팍을 있는 힘껏 후려친다. 그것으로도 모자라 안쪽 방향으로 틀어 버리면서 경기를 회전시켜 심어 버리니, 나선 모양으로 꼬인 경기는 송곳처럼 단숨에 반대 방향으로 관통되어 버렸다.

주르륵!

이학산의 입가를 따라 피가 흘러내린다.

그는 마치 금붕어처럼 입을 벙긋거리다가 두어 발자국 뒤로 주춤 물러섰다.

"쿨럭! 컥컥!"

이학산은 무릎으로 땅을 찍으면서 피를 쉴 새 없이 게워 냈다. 현기증이 뱅그르르 돈다.

"맹주!"

"맹주! 괜찮으시오?"

검로들이며 의천맹 무사들이 하나같이 경악을 하면서 다가오려 한다.

분기탱천한 그들은 명령만 떨어진다면 단숨에라도 무성에게 달려들 태세였다. 오연비무에는 타인의 개입이 절대 금지되지만, 지금은 그런 생각 따윈 담겨 있지 않았다.

맹주의 패배라니!

무신련을 거꾸러뜨리겠다는 야욕 하나만으로 일어선 그들이었기에, 지난날의 한풀이를 하겠다는 복수심으로 일어난 그들이었기 때문에 지금 받은 충격은 너무나 컸다.

다섯 문파의 공동 장문인이 무릎을 꿇은 게 아닌가. 그것은 그들 다섯 문파들도 같이 무릎을 꿇었다는 의미가 된다.

귀병들도 군영 내에 흐르는 이상한 분위기를 읽었는지 앞으로 나서서 기세 싸움에 참전한다.

"왜? 아까 전처럼 네놈들도 머릿수로 밀어붙여 보게? 어디

해 봐!"

"크크크크! 역시 말로만 구대 문파, 구대 문파, 그러지만 이 놈들도 속은 우리와 똑같단 말이지."

입심이라면 절대 뒤지지 않는 간독과 마구유가 그들의 속을 박박 긁어 놓기까지 한다.

두 진영 사이에 험악한 공기가 흐르는 그때,

"그……만! 멈춰……!"

이학산이 겨우겨우 손을 뻗어 의천맹을 막는다.

"하, 하지만!"

"맹주!"

"이건…… 내 싸움이다."

이학산은 모두의 반발을 물리치고 비틀거리는 발걸음으로 다시 일어선다.

어떻게든 비무를 속개하겠다는 의지가 담긴다.

피로 푹 젖어 시야가 제대로 보이질 않는다. 그런데도 두 눈을 뜨려 한다. 흐리멍덩한 두 눈의 초점은 사실 무성에게 맞춰 있지 않았다.

"언제까지 이러실 건가요, 맹주?"

이곳으로 오기 전에 대막사를 나서면서 아주 잠깐 마주쳤던 여인. 예쁜 얼굴을 갖고 있음에도 불구하고 언제나 신경질적인 인상을 하고 있어 쉬이 접근하기 힘들던 여인이 있다.

홍가연은 수많은 검로들과 함께 움직이는 이학산의 앞을 막무가내로 막는, 철없는 용기를 선보였다. 검로들이 화가 나서 호통을 치려 했지만, 이학산은 그녀의 말에 귀를 기울였다.

그는 홍가연의 질문에 '무엇이 말입니까?'라고 대답했다.

그러더니 아미를 찌푸리며 한마디를 쏘아붙인다.

"몰라서 묻나요? 언제까지 이런 되지도 않는 싸움을 붙잡고 계실 건지 묻는 거예요! 얼마 전까지만 해도 고마운 은인이라며 창붕을 극찬하던 당신이었잖아요. 그런데 어째서 갑자기 이렇게 생각을 바꾸게 된 건가요? 이것이 은인을 위한 당신의 대답인가요?"

결국 검로들은 제자들을 시켜 바락바락 소리를 질러 대는 홍가연을 강제로 끌어냈다.

이학산은 한참 동안이나 발버둥을 치는 그녀를 빤히 쳐다봤다. 신경 쓰지 말라는 검로들의 말에 괜찮다고 웃음을 지었다.

하지만 마음속은 씁쓸하기만 했다.

'정녕 모르는 것입니까? 제가 어째서 창붕과 대적을 하려는

것인지. 이렇게나 눈에 띄려 애를 쓰는데도 당신은 결국 끝까지 날 보아 주지 않는군요.'

그리고 그 결과가 바로 이것인가…….

여기 어디에도 그녀의 눈은 없건만.

아니, 있다는 생각으로 억지로 버텨 일어서려 한다.

하지만,

"거기까지."

무성은 무심하게 손을 뻗어 이학산의 어깨를 눌러 버렸다.

쿵!

이학산은 또다시 버티지 못하고 바닥에다 무릎을 꿇었다.

"이미 당신은 졌소."

"아니……야!"

"일어설 수조차 없으면서?"

"……."

무성은 싸늘하게 한마디 던지며 좌중을 둘러본다.

"네 번째는, 누구요?"

그 말이 이학산의 심장을 덜컥 내려앉게 만든다.

끝나고 말았구나. 결국 이쪽을 보게 만들지 못했구나.

마음이 산산조각 나는 듯한 고통에 피를 게워 낸다.

패배해 버리고 말았다. 의천맹은.

이학산이 이를 악물면서 뭐라고 말을 하려는 순간,

"네 번째는 이미 시작되었다."

그때 일로가 비틀대는 발걸음으로 나선다. 입가에 비릿한 미소를 잔뜩 머금는다.

이학산은 일순 불안감이 들었다. 일로가 뭔가 일을 망칠 것 같다는 느낌. 일을 더 키워 버릴 것만 같았다.

일로가 무성을 보며 차갑게 웃었다.

"네 번째는 너희 무신련을 잡기 위해 움직인 병력, 전체다. 재주가 좋다 들었으니 어디 여기서 한번 그들을 모두 잡아 보려무나."

第四章

오파 몰락

의천맹의 다섯 문파가 창붕군의 뒤를 쫓는다.

곤륜.

"한중을 점거했다! 진령산맥이 봉쇄되었으니 곧 일망타진할 수 있을 것이다!"

청성.

"영강을 따라 성계(省界)에 검문을 실시했다. 용모파기와 비슷한 자들을 색출하기 시작했다!"

아미.

"소화산 쪽으로 사자군 일부 잔당을 몰아넣었다. 지금부터 토벌을 시작하겠다!"

공동.

"유목민의 보고로 북쪽 녕하 지역으로 넘어오려던 사자군을 포착하였다!"

점창.

"사자군의 본영을 발견, 지금부터 공격을 시작한다!"

*   *   *

그 시각.

푸드득!

비둘기가 날아든다.

"무엇이냐?"

"의천맹으로부터의 전갈입니다!"

"가져와라."

금의위를 움직여 창붕군의 뒤를 쫓던 진성황은 부영반 고겸추가 바친 전서의 내용을 가만히 살폈다.

"흐음!"

"내용을 여쭈어도 되겠습니까?"

"무신련주가 귀병들을 이끌고 의천맹의 본영 한가운데에 모습을 드러냈다고 하는구나."

"맹랑……하군요."

"맹랑하다 못해 무모한 수준이지. 문제는 그 무모함이 벌어질 때면 꼭 무엇이든 결과가 좋질 않았어."

무신련을 뒤흔들고 한때 야별성을 멸망 직전까지 몰고 갔던 무성이었으니, 진성황이 이렇게 걱정을 하는 것도 무리는 아니다.

더군다나 목종이라는 귀중한 팔을 잃은 지금은 더더욱 촉각을 곤두세울 수밖에 없다.

"하지만 무신련주가 무엇을 꾸민다 한들 그의 행적이 한곳에 묶인다면 그 틈을 타 잔당들을 쓸어버리면 되지 않겠습니까? 의천맹을 내주고 무신련을 정리할 수 있다면 남는 장사라 사료됩니다."

어차피 금의위의 기준으로 크게 보면 의천맹과 무신련은 큰 차이가 없다. 다만, 무신련은 제어하기가 힘드니 제거하는 것이고, 의천맹은 비교적 수월해 놔두는 것일 뿐이다.

만약 추후 의천맹이 현 무신련의 수준으로 덩치가 커지게 되면 그땐 또다시 야별성과 같은 걸 키워 대적을 하게 할 것이다.

환국(換局). 그것이 무림을 경영하는 조정의 오랜 방식이다.

'하지만 과연 녀석이 뒷일을 생각지 않았을까?'

진성황은 무성이 거기에 대한 대책 하나 세우지 않았을까 우려했지만 어차피 금의위로서도 지금 할 수 있는 방법은 하나밖에 없다.

거리가 있으니 의천맹을 원조하러 갈 수는 없는 노릇.

무엇보다 지금 전서는 당장 창붕군을 잡으라는 지원 요청이다. 뒷말이 생길 가능성도 없다.

"어찌할까요?"

"어차피 미끼로 쓴다 하지 않았나? 의천맹은 의천맹대로 움직이게 놔두어라. 우리는 한 곳의 연락을 더 기다린다."

* * *

은밀하게 어둠이 깔린 곳.

"……대기하고 있던 금의위와 의천맹이 공세를 시작했다는 전서가 도착했습니다. 곧 사자군과 창붕군을 일망타진할 수 있을 거라 사료됩니다."

"정보는, 하나도 빠짐없이 제대로 올렸겠지?"

"예."

"그럼 이제 남은 건 이곳 현무군뿐이군. 원래 낭천막에서 해야 할 일을 우리가 도맡아 처리하게 될 줄이야. 어찌 음지에 있는 이들을 움직이라고 한단 말인가, 멍청한 것들."

"……."

"어쩔 수 없지. 그보다 백영과 혼영은?"

"백영과 혼영, 두 사람 모두 예상했던 대로 미리 소재지를 파악하지 못했던 귀병가의 안가로 움직였다 합니다. 그리고 거기서 각각 곡가장과 안형(安炯)이 나타났습니다."

"곡가장이면 석대룡의 제자였고, 안형은……?"

"조철산의 의형제입니다."

"석대룡과 조철산, 둘 모두 현재 각각 사자군과 창붕군을 맡고 있지 않은가?"

"예."

"결국 그렇게 되었군. 예상했던 대로야."

"역시나 중간에 기존의 명령을 바꾸게 할 것 같습니다. 의천맹이 현재 창붕군의 위치를 현저히 알고 있으니……."

"그걸 역으로 이용해 역습을 시킨다?"

"예."

"확실히 정보가 새어 나간다고 판단을 내렸다면 충분히 가능한 생각이지. 특히나 련주가 의천맹의 본영을 쑥대밭으로 만들고 있다면, 이참에 의천맹의 주요 병력을 제거하는 것도 가능할 테고."

"사자군은 의천맹이 혼란스러워져 금의위의 발이 묶인 틈을 타 탈출을 시도하게 할 것 같습니다."

"좋아. 아주 좋은 생각이야. 우리 어린 두 재상들께 후한

점수를 매겨 주고 싶군. 련주도 나름 고심을 많이 한 흔적이 있어. 하지만 여기에는 단 하나, 치명적인 단점이 있지 않나?"

"머리가 잘리면 손발이 헝클어지게 됩니다."

"지휘 체계가 흐트러진다는 것은 그만큼 위험하지. 그러니 지금부터 우리 은영산은……."

잠깐의 침묵 후.

"현무군의 재상부를 친다."

"존명!"

은영산이 은밀하게 움직이기 시작했다.

*　　*　　*

푸드득!

금의위 본영으로 이번엔 매가 날아들었다.

"은영산으로부터의 전갈입니다!"

"무엇이냐?"

"역정보를 이용해 저들이 술수를 벌일 확률이 크니 곧장 머리를 자르겠다고 합니다!"

"지금이 적기이긴 하지. 그 외에는?"

"……가족들을, 지켜달라고 하십니다."

"나라를 위해 목숨을 바친 의인들이다. 하지만 사료에도 국서에도 남지 못하는 비운의 그림자들이 아니냐. 나라도 그들이 있었다는 것을 알아줄 것이다."

진성황은 아주 잠깐 묵념을 하고, 고겸추에게 다시 물었다.

"동창은?"

"은영산과는 조금 다른 배치도를 보고했습니다."

"갖고 와라."

진성황은 고겸추가 전달한 전도를 보고 묵묵히 고개를 끄덕였다. 무신련의 각 예상 이동 경로가 그려져 있다. 확실히 은영산이 보고했던 것과는 조금 차이가 있다.

그는 동창을 그다지 신뢰하지 않는다. 언제나 황제의 옆에 달라붙어 삿된 혀로 눈과 귀를 가리려는 작자들. 하지만 그들의 권력을 향한 탐심(貪心)이 얼마나 대단한지 잘 알기 때문에 동창의 능력이 뛰어나다는 것 또한 아주 잘 안다.

"척후병의 보고는?"

"동창의 예상 경로가 맞다고 보고했습니다."

"역시나 은영산에서 보낸 것은 저들이 역정보를 흘린 것이었군. 자칫 큰일을 치를 뻔했어."

진성황은 전도를 접으며 다시 고겸추에게로 건넸다.

"좋다. 쳐라."

그렇게 금의위 역시 사자군을 쫓기 시작했다.

일로가 차가운 눈동자로 무성을 쳐다본다.

이제 어찌할 것이냐는 눈빛.

그는 단순히 의천맹과 금의위로 하여금 무신련의 잔당을
토벌하는 명령을 내렸다고 생각했지만, 그 밑에 얼마나 수많
은 첩보전이 벌어지고 있는지는 전혀 몰랐다.

세작의 존재를 눈치챈 무신련. 그것을 역이용하려는 재상
부. 그것을 또 읽고 되레 역으로 치려는 은영산. 금의위가 친
덫. 동창의 협조. 귀병가의 움직임.

이 모두가 바쁘게 돌아간다. 서로가 서로를 물고 얽히는
가운데, 조금이라도 삐끗해 버리면 조직 자체가 몰락을 겪을
수 있는 상태다.

하지만 당장 누란의 위기를 겪는 것은 무신련인 바.

"재미있는 것을 가르쳐 주랴? 창붕, 네놈은 낭천막과 겨
루면서 홍운재 내에 세작의 당수가 있다는 것을 확신하게 되
었지. 하지만 그것은 역으로 생각해 보면 세작들 역시 그대가
자신들의 정체를 눈치챘으리란 것쯤은 쉽게 알아챌 수가 있
어. 왜냐고? 연기를 한다고 하지만, 그동안 보여 줬던 것과는
전혀 다른 행동 양상을 보여 주니까."

"……"

무성은 대답이 없었다.

일로는 그것이 너무 놀란 나머지 말을 잇지 못하는 것으로 받아들였다.

"그간 네놈이 꾸민 짓들은 모두 읽히고 있었단 뜻이다. 이곳에 나타난 이유는 전혀 뜻밖이었으나, 수하들을 살리기 위해 벌인 짓들은 모두 죽음의 구렁텅이로 내모는 꼴이 되었음이야! 허허허허허! 허허허허허허!"

광기에 가득 찬 일로의 웃음소리가 한가득 퍼진다.

일로가 하는 말을 도무지 알아들을 수가 없던 사람들은 저게 무슨 말인가 하는 얼굴로 쳐다봤지만, 아는 사람들은 묵묵히 고개를 끄덕인다.

의천맹 본단의 발목을 묶으려는 네놈의 수작은 모두 헛수고로 돌아갔다는 듯이.

하지만,

"뭘 모르고 있소. 당신은."

무성이 차갑게 대답한다.

일로의 웃음이 뚝 그친다. 희번덕거리는 눈동자가 무성을 향한다.

"뭐?"

"내가 이곳에 나타난 것이 뜻밖이라 말씀하시었소? 그렇다면 거기서부터 당신들은 틀어진 것이오."

"……?"

"변수란 전혀 예상치도 못한 곳에서 터져 꾸미던 계획을 모두 뒤집어 버리는 법이니까."

"무슨……!"

"네 번째 도전이라 하시었소?"

무성이 차갑게 웃는다.

"그 도전, 받아들이지."

*   *   *

동창의 제독, 자항이 입을 벌린다.

"홍홍홍홍! 약속은, 모두 이행되는 것이겠지요?"

"이미 태감께 보여드리지 않았습니까? 저희의 각오와 결의를."

독사의 굴종적인 태도에 자항은 만족감에 찬 미소를 지었다.

"좋아요. 그럼 시작해 볼까요?"

*   *   *

총공세에 나섰던 의천맹의 다섯 문파를 맞닥뜨린 것은 아무도 없는 텅 빈 군영뿐.

떠난 지 얼마 되지 않았는지 식량 창고도 그대로며 각자가 챙겼던 개인 물품도 그 자리 그대로 남아 있다. 심지어 온기마저 맴돈다.

'함정이다!'

곤륜의 문도들을 책임지고 있던 금완(金阮)은 등골을 따라 찌르르 울리는 엄청난 불안감에 정신이 번쩍 들었다.

대체 어디서 일이 틀어졌는지는 모른다.

은영산과 동창.

자신들에게 정보를 전달해 주는 곳 중 한 곳이 어긋난 게 틀림없었다.

하지만 대피 명령을 내리기도 전에,

콰콰콰쾅!

이미 지하에 매설되어 있던 폭약이 일제히 터지면서 문도들을 모조리 쓸어버리기 시작했다.

"으, 으아아악!"

"살려 줘어어어어!"

한평생 곤륜의 험한 산지에서만 살던 목동 출신인 그들이 언제 화약을 직접 경험해 본 적이 있을까. 거친 유목민들을 상대하며 호전적인 투지를 갖고는 있으나, 그만큼 압도적인 힘 앞에서는 굴복을 하고 마는 게 그네들의 성정이다.

그리고 불길에 휩싸이는 군영 주변으로 매복해 있던 창붕군의 무사들이 나타났다.

"모두 쳐라! 곤륜을 이 세상에서 지워라!"

창붕군은 군영 밖으로 탈출을 시도하는 곤륜 문도들을 일제히 베어 넘기기 시작했다.

감숙으로 넘어가는 성계를 철저하게 검문하던 청성파 무사들은 시간이 갈수록 서서히 의아해지고 있었다.

'왜 아직까지 안 나타나는 거지?'

분명 창붕군의 병력 중 일부가 영강을 지나친다고 하지 않았던가. 동창의 예측 보고를 받고 지휘부에서 내린 판단이기 때문에 절대 틀릴 수가 없었다.

아무리 짐과 신분패 검사를 샅샅이 해 보아도 그들이 확인한 것은 상인들의 물품들뿐.

심지어 유람을 하기 위한 묵객들도 보이지 않는다. 근래 무신련의 잔당들이 서쪽으로 이동한다는 흉흉한 소문 때문에 괜히 의심만 살까 봐 감숙으로의 이동이 현저하게 줄었기 때문에 벌어진 일이었다.

그러다 일련의 수상쩍은 사람들을 발견했지만,

"제독태감의 명으로 무신련의 잔당들을 쫓기 위한 필요 물자를 나르던 중이었소. 여기 증거요."

이미 동창에서 따로 협조 공문이 며칠 전부터 와 있었기 때문에 동창을 상징하는 호패를 보이는 데서야 의심할 수도 없었다.

게다가 짐 검사와 마차, 수레를 샅샅이 수색했지만 무기는 커녕 식량만 가득하다.

결국 어쩔 수 없이 의심을 거두고 그들을 통과시키려는 그때,

"컥!"

"으어어억!"

갑자기 동창 위사들이 수레에 실린 식량 포대를 쥐어뜯더니 가루를 뿌리는 게 아닌가!

졸지에 그것을 얼굴에 맞게 된 청성파 무사들은 인상을 찌푸리다가 곧 입에 게거품을 물며 쓰러지기 시작했다. 그제야 청성파는 포대에 실린 것의 정체를 깨달았다.

'극독!'

하지만 깨달았을 때는 이미 상황이 늦은 뒤였다.

무신련 잔당들은 미리 해독제를 복용하고 있었던지 아무런 망설임 없이 청성파가 미처 수색하지 못했던 수레와 마차 밑바닥을 뜯어 일제히 검을 뽑았다.

차차차창!

"지원군은! 지원군은 왜 대체 오지 않는단 말이냐!"

처절한 비명만이 난무한다.

청성파가 급격히 무너졌다.

소화산으로 창붕군 일부를 몰았다고 생각했던 아미파 역시 재앙을 맞은 것은 같았다.

쉭!

"놈들이 북쪽에 없다!"

"남쪽이다! 남쪽에 있다!"

"바, 방향이 틀렸⋯⋯!"

여승들은 분명 창붕군 잔당들을 토끼몰이를 했으니 이대로 천라지망을 서서히 굳히며 차례대로 척살하면 된다고 생각했다.

하지만 그것이 아니었다.

분명 미리 척후를 마쳤던 동창의 보고에 있을 거라 했던 곳에 녀석들은 없었다.

도리어 아미파가 그곳에 도착했을 때에 맞춰 매복해 있던 창붕군이 나타나 칼을 휘둘렀다.

그러다 아미파의 저항이 심해진다 싶으면 숲 속으로 물러났다가, 그들이 경계를 늦출 때쯤에 다시 나타나 기습을 시도했다.

철저한 유격전(遊擊戰).

그동안 산문에 틀어박혀 개인 수련만 했던 그들이 언제 이런 전쟁다운 전쟁을 해 봤을까!

채채채챙!

아미파는 산을 타며 철저히 깨달았다.

자신들이 이들을 소화산으로 몰아넣은 것이 아니다. 이들이 자신들을 이쪽으로 유도한 것이다. 그들에게 유리한 위치를 찾기 위한 방편이었다.

"지원군은? 도와주기로 한 동창은 왜 여태 연락이 없는 것이야!"

결국 아미파 여승들은 자신들의 고향에서 한참이나 떨어진 타지에서 쓸쓸히 죽음을 맞아야만 했다.

공동파는 오랫동안 감숙의 맹주로 군림했다.

그런 그들에게 그동안 기련산에 틀어박혀 있던 야별성은 눈엣가시와 같았다. 그런데 그보다 더 증오스러운 무신련이 이동을 한다니. 그것도 자신들의 허락도 없이!

절대 용납하지 못할 일이었다.

그래서 공동파는 동창의 정보를 토대로 오랫동안 거래를 해 오던 유목민 부락을 통해 녕하를 통과하는 창봉군의 정확한 이동 경로를 입수했다.

절대 녀석들을 놓칠 수가 없는 작전이다.

그래서 당연하다는 듯이 일망타진을 위해 협곡 좌우에서 매복을 한 채로 기다렸지만,

"어째서 나타나지 않는 거지?"

그림자조차 보이지 않는다.

도중에 일이 생겨 이동이 늦어졌을 수도 있으니 척후를 보내어 녀석들이 어디까지 왔는지 확인을 시켜 봤지만, 돌아오는 대답은 충격적이었다.

"아무것도 없습니다!"

"어디에도 찾아볼 수 없습니다!"

"그게 무슨 헛소리냐? 분명 오늘 아침까지만 하더라도 녀석들이 인근까지 당도한 것을 확인했건만!"

"그, 그것이……!"

바로 그때였다.

쿠쿠쿵!

갑자기 엄청난 지진과 함께 산 정상에서부터 엄청난 산사태가 벌어졌다. 바위와 흙더미, 부서진 나무 따위를 동반한 토사가 해일처럼 협곡이 아닌 협곡 위, 공동파를 덮친다.

"노, 놈들이 역매복을 했……!"

동창의 정보가 잘못되었다는 생각이 들었지만, 이미 토사는 그들을 모두 생매장해 버린 뒤였다.

이번 작전에 들어서기 전에 다섯 문파 내에서 '창붕군의 본 영을 공격하는 것은 과연 누가 맡을 것인가?'가 가장 큰 관심사였다.

본영을 치는 것이야말로 이번 모든 공적을 상징하는 백미가 아니겠는가.

다섯 문파가 서로 맡겠다고 자청했지만, 결국 그 영광은 점창에게로 돌아갔다.

이유는 간단했다.

일로의 적극적인 주장이 있었기 때문이었다.

그동안 벽력보, 무신련, 해남검문을 거치며 세력이 꺾인 바가 있던 점창으로서는 어떻게든 지난 세월을 되돌릴 한 수가 필요했다.

결국 이학산의 허락을 받아 낸 그들은, 전서구로 허락이 떨어지자마자 파죽지세로 본영을 밀고 들어갔다.

하지만 그들을 맞은 것은 종적을 들켜 당황해하는 무신련 일당이 아니었다. 마치 기다렸다는 듯이 칼을 들고 대기하던 창붕군이었다.

점창파가 당황하는 그때,

"이래서 련주가 그런 명령을 내리는 것이었군."

대막사에서 한 사람이 걸어 나왔다.

쌍창을 등에 짊어진 자. 바로 조철산이었다.

아무도 없는 군영에 홀로 존재한다?

전혀 있을 수 없는 일이기에 점창파 무사들은 잔뜩 긴장했다. 다른 사람들은 어디로 빼돌렸느냐며 고래고래 소리를 질러 댔지만, 조철산은 듣는 척도 하지 않았다.

그는 그저 충격을 받은 얼굴이었다.

"나를 시험하고 있는 것이었어. 우리 중에 세작이 있으니 확실히 가리기 위해서. 결국 나더러 증명을 해 보이란 것인가?"

조철산은 씁쓸하게 웃더니 곧 차가운 눈동자로 점창파를 노려보았다. 그가 뿌리는 엄청난 기백에 점창파는 숫자가 수백이 되는데도 불구하고 저도 모르게 움찔 한 발 물러서고 말았다.

"혐의를 씻기 위해 그대들을 쳐야만 하는 것을 이해해 주시오. 기실 따지고 보면 본 련에게 칼을 겨눈 것은 그대들이 먼저이지 않았소?"

"무슨 소린지는 모르겠다만, 저항을 한다 한들 이미 늦었다. 이미 외곽은 우리뿐만 아니라 동창도 대기를 하고 있으니 어디로도 빠져나갈 수 없을 것이다."

조철산이 안타깝다는 듯이 대답한다.

"어찌 모르시오? 포위가 된 것은 우리가 아닌 그대들인 것을."

"무슨 헛소리를……!"

점창파 무사들이 공격을 시작하려는 그 순간,

와아아아!

갑자기 기다렸단 듯이 군영 외곽, 점창파의 후미에서 일련의 무사들이 나타났다. 그들에게도 아주 익숙한 관복을 입은 자들이다.

분명 밖에서 대기하기로 했다는 동창이 갑자기 왜 모습을 드러낸단 말인가!

거기다 동창 위사들을 이끌고 있는 건 아주 익숙한 얼굴이었다.

"제, 제독태감이 어째서 여기에……?"

"훙훙훙훙. 비록 비루먹은 개에 불과했던 그대들이긴 했으나, 그래도 지난날의 정리가 있어 이 태감이 종언(終焉)이라도 봐 두어야겠다는 넓은 마음으로 온 것일 뿐이랍니다. 이 태감의 쓸데없는 변죽이라고 해 두지요."

점창파가 뭐라고 대답을 하기도 전에,

"모두 정리하세요. 이 태감의 얼굴을 본 사람은 아무도 없어야 하지 않겠어요? 훙훙훙훙!"

"……!"

극단적인 의사의 표시. 한 명의 생존자도 용납하지 않겠다는 발언에 점창파 전체가 얼어붙어 버린다.

창붕군과 동창이 일제히 움직여 점창파를 지웠다.

*　　　*　　　*

의천맹 본영으로 수십 마리의 전서구들이 떼 지어 나타난
다.

"고, 곤륜 궤멸! 한중 봉쇄 실패!"

"영강 검문소의 청성 패퇴!"

"아미, 소화산에 발목이 묶여 지원군을 요청 중!"

"공동 연락 두절!"

"점창, 전멸……!"

비둘기들이 가져온 전서의 내용이 읽혀질 때마다 검로를 비
롯한 의천맹 전체는 전부 얼음장처럼 굳어지기 시작했다.

불과 얼마 전에 기세등등하게 출병을 했던 이들이 아닌가!

그들에게는 사부였고, 제자였으며, 사형제인 이들이다. 한
평생 같이 한솥밥을 먹고 한 지붕 아래에 잠을 청하던 소중한
사람들이다.

그런 이들이 타지에서 죽어 간다니……!

특히 무신련의 전멸을 믿어 의심치 않던 일로가 받은 충격
은 너무 컸다.

점창의 전멸이라니.

그렇다면 소중한 가족들이 모두 죽었단 말인가?

덜덜덜······.

손발이 떨린다. 눈빛이 흔들린다. 머릿속이 백지장처럼 하얗게 변해 버린다.

무성이 차갑게 입을 연다.

"말하지 않았소? 네 번째 승부를 받아들이겠다고. 그대들이 먼 곳에서 우리를 쳤다면, 나 역시 먼 곳에서 그대들을 칠 수밖에. 어떻소? 이번 비무는 마음에 드시오?"

"네 이노오오오오옴!"

일로는 더 이상 화를 참을 수 없었다. 그가 내뿜는 화는 검로들에게로 퍼지고, 다시 의천맹 본영 전체로 확산된다.

천 단위가 훌쩍 넘는 살기가 무성의 살갗을 찔러 댄다.

제아무리 입신의 경지를 밟았다는 무성이지만 막강한 기세가 휘몰아치는 소용돌이 속에서는 버티는 것이 용해 보일 지경이었다.

이미 그들에게 더 이상 체면 따윈 없었다.

빨리 무성을 찢어 죽이고 위험에 처했을 사문을 구해야 한다는 생각밖엔 들지 않았다. 지금 달려간다고 한들 이미 그땐 모든 게 끝나 버렸을 테지만, 그들의 마음은 그렇지 않았다.

귀병들은 잔뜩 긴장하며 하나둘씩 무기를 꺼내기 시작했다. 여차하면 바로 앞으로 튀어 나갈 태세다.

"이게 다섯 번째 비무에 대한 그대들의 답이오?"

"닥쳐라아아아아아앗!"

일로가 붉게 충혈된 눈을 하고서 무성에게로 달려든다. 이미 극한 분노로 주화입마에 빠진 그는 모든 공력을 일검에 쏟아부었다.

"아, 안 됩니다! 멈추십시오, 일로!"

이학산이 제지한다.

하지만,

슥!

반검이 너무 간단하게 그어진다. 오른쪽 대각선 방향으로 그어지는 비스듬한 사선.

하지만 단층을 따라 위아래의 공간이 서로 비틀리면서 일로의 머리통 역시 하늘로 붕 떠올랐다. 피를 잔뜩 허공에다 뿌려 대면서.

그리고 그것이 신호탄이었다.

의천맹 본영 전체가 움직인다. 다섯 문파가 수십 년을 기울여 탄생시킨 최정예들이 오로지 귀병 다섯을 잡겠다는 일념만으로 움직인다.

"하! 씨발, 하여간 저 애송이 새끼 머리통을 뜯어 버리든가 해야지. 이렇게 무책임하게 도발을 해 버리면 어쩌자는 거야? 지 주둥아리 하나 때문에 얼마나 많은 사람들이 고생을 하는 거냐고!"

간독은 짜증 섞인 불만을 잔뜩 늘어놓았다. 그러면서도 눈길은 쉴 새 없이 빈틈을 찾는다. 길을 뚫기 위해서지만 틈이 있을 리 만무하다.

남소유가 차갑게 묻는다.

"빠져나갈 수 있을까요?"

"있을까가 아니라 해야지!"

마구유가 투덜거린다.

"이렇게 사람이 많은데?"

"썅! 그럼 안 할 거냐?"

구법승은 귀병들과 같이 등을 맞대며 말했다.

"쐐기 형태로 진법을 짜야겠소. 앞장을 누가 서시겠소?"

"그야 당연히 일 저지른 놈이……! 야! 거기서 뭐해!"

간독은 꿈쩍도 않는 무성을 보며 소리를 버럭 질렀다.

무성이 처음으로 이쪽을 보며 웃었다.

"다섯 번째, 아직 안 끝났잖아?"

"허세 그만 부리고 당장 와! 그리고 손발만 오그라드니까 제발 그런 짓 좀 그만하고!"

"그런 짓이라니. 이미 시작됐는데."

"뭐?"

"설마 내가 여기서 끝냈을까."

바로 그 순간,

와아아아아아아!

"드디어 오셨군."

의천맹 주변으로 엄청난 함성이 터져 나오며 엄청난 군세가 나타나 포위한다. 하늘 위로 나부끼는 '무(武)'라는 깃발이 눈에 한가득 들어온다.

간독의 눈이 커진다. 믿을 수 없다는 듯이.

"금의위를 상대하고 있어야 할 저들이 왜 여기에 있어?"

사자군의 지휘관, 석대룡이 앞장서며 소리를 지른다.

"모두 련주를 구출하라아아아아!"

第五章

마지막 비무

　진성황은 자신의 눈앞에 있는 상황을 도저히 믿을 수가 없었다.

　"이게…… 대체?"

　아무것도 없다.

　분명 있어야 하는 사자군, 그 자체가 없다.

　텅 비어 버린 막사 안. 마치 자신들을 농락이라도 하려는 듯 옷을 입은 허수아비들만이 있다.

　짚을 엮어 만든 허수아비는 얼마나 공을 들였는지 입고 있는 옷이며 패용한 무기까지 전부 무신련에서 쓰는 것들이었다.

거기다 진짜 사자군이 쓰던 물품들이 남아 있어 위화감을 더한다.

"척후병이 본 것은 이거란 말인가······?"

웬만한 일로는 눈 하나 깜빡하지 않는 그다. 수많은 전투를 치러 오면서 이런 위장계(僞裝計)도 겪어 봤다.

하지만 이렇게 충격적으로 다가오는 것은 처음이었다.

"그럼 여기 있는 자들은 어디로 간 거지?"

사라진 것은 아무래도 상관없다. 금의위의 후미를 치기 위해 움직인 것이라면 그때그때 상황에 맞춰 임기응변으로 대하면 되니까.

하지만 그것이 아니라면?

"의천맹! 의천맹 본영이 위험하다!"

진성황은 즉시 금의위를 움직이기 시작했다.

*　　　*　　　*

"이것이 다섯 번째 비무요. 무신련과 의천맹. 그대들이 말했듯이 누구의 수가 더 좋은지는 어디 여기서 한번 겨뤄 봅시다."

무성이 차가운 말로 중얼거린다.

검로들의 안색이 창백해지며 뭐라고 노발대발했지만, 그들의 목소리는 사방을 포위한 사자군의 함성에 묻혀 사라지고 말았다.

사자군은 지체 없이 의천맹의 본영을 뒤흔들었다.

칼을 휘두르고 또 내려친다.

의천맹 무사들 역시 이에 지지 않겠다는 듯이 같이 달려들었지만, 이미 초장부터 사기는 사자군으로 넘어가 돌아올 생각을 않았다.

첫 번째 비무부터 지금까지, 그들은 무성에게 이렇다 할 피해조차 주지 못했다.

도리어 치졸한 수만 반복하다가 스스로 자빠지지 않았던가.

채채채채챙!

이미 이곳은 그냥 군영이 아니었다. 전선이었다.

"하하, 하하하하하!"

이학산은 허탈하게 주저앉아 너털웃음을 터뜨리고 말았다.

검로들이며 주요 수뇌부들은 슬픈 눈빛으로 그런 이학산을 쳐다봤다.

이학산은 무성과 눈을 마주치며 입을 열었다.

"처음부터 이걸 노리는 것이었습니까?"

"살아남으려면 무슨 수라도 써야 했으니까."

"맞는 말이오. 살아남으려면 무슨 수라도 써야지. 그래서 우리들도 과거 무신 백율이 나타났을 때에 차후를 노리며 잔뜩 웅크렸던 것이었지."

입가에 쓴웃음이 걸린다.

"……이렇게 몰락을 겪고 말았지만."

이학산은 몸에서 힘이 쭉 빠지는 기분이었다.

자신이 여기서 뭘 더 이야기할 수 있을까. 하려고 해도 멍청해지는 기분이다.

승자와 패자.

두 개의 극단적인 상황에는 하늘과 땅만큼이나 너무나 큰 거리가 있다.

하지만 그렇다고 해도 무너질 순 없다.

스르릉!

이학산은 여전히 비무 때의 피해를 만회하지 못해 다리가 떨렸지만 억지로 버티고 일어섰다.

그는 의천맹주.

죽을지언정 여기서 무너지면 안 된다.

그것이 설사 어떤 여인의 눈에 띄기 위해 어쩔 수 없이 내렸던 선택이라 할지라도.

"맹주!"

"맹주……!"

검로들이 애타게 이학산을 부른다.

하지만 이학산은 손을 뻗어 그들을 제지하며 무성을 쳐다
봤다.

"그러고 보니 창붕께서는 한낱 청성의 후기지수에 불과했
던 제가 어떻게 의천맹주가 되었는지는 궁금하지 않은가 봅니
다. 저는 다음에 창붕과 만났을 때 창붕이 어떤 표정을 지을
지 참 궁금했었는데 말입니다."

"궁금하오."

이학산이 피식 웃는다.

"옆구리를 쿡 찔러서 답을 얻는 기분이로군."

무성은 고개를 저었다.

"아니오. 진담이오."

"이야기를 들려 드릴까요?"

이학산의 개구진 질문에 무성은 단호하게 고개를 저었다.

"지금부터 베어야 할 상대에게 감정을 주고 싶진 않소."

"역시나 창붕은 선을 확실하게 긋는군요. 하하하하! 그런
모습이 참 부러웠습니다."

이학산은 이제 어느 정도 몸의 부담이 줄어들었는지 왼손
으로 머리를 쓸어 올리며 검을 겨누었다.

무성의 반검도 움직이려는 그때,

"안 돼에에에에에엣!"

갑자기 두 사람 사이로 한 여인이 뛰어들었다. 가녀린 체구

로 도저히 들고 있기 힘들 것 같은 복마창을 쥔 아미파의 여승, 홍가연이었다.

"홍 소저?"

이학산의 눈이 커진다.

홍가연은 그녀를 상징하는 신경질적인 눈매로 이학산을 한 차례 노려보고는, 갑자기 무성 앞에다 무릎을 꿇었다.

"홍 소저!"

"가연아, 이게 무슨 짓이냐!"

이학산과 검로들이 뜯어말리지만, 홍가연은 요지부동이었다. 오히려 정수리가 훤히 드러나도록 몸을 바짝 엎드리기까지 한다.

"무신련주께 부탁드리겠습니다! 지난날의 정리라고 해도 좋고, 동정이라고 해도 좋습니다. 제발, 제발 이 모든 싸움을 여기서 멈춰 주세요!"

"너 이게 무슨 짓이냐!"

검로들의 제지는 들어올 틈이 없었다.

지금 이 순간에도 사자군의 압박은 계속된다.

의천맹 무사들이 처절하게 그들을 제지하려 하지만 이미 본영을 지키고 있던 목책이 무너지고 말았다.

단숨에 이곳까지 치고 들어오는 것도 시간 문제. 결국 검로들은 이쪽의 눈치를 슬슬 보더니 허겁지겁 밖으로 하나둘씩 빠지기 시작했다.

홍가연이 나서는 순간, 그들의 뒤통수가 둔탁한 무언가로 내려친 것처럼 확 깨는 것 같았다.

어떻게든 살아남아야 한다!

사문의 맥을 여기서 끊어지게 해서는 안 된다!

금강석처럼 견고할 것 같던 그들 사이로 균열이 퍼지기 시작한다.

내분이다.

이렇다 할 갈등은 벌어지지 않고 있지만 이제 패퇴의 기운이 확실하게 넘어온 마당에 괜히 칼받이를 자처하기보다는 사문의 제자를 하나라도 더 살려야 하지 않겠는가!

결국 곳곳에서 병력을 물려라, 싸움에 나서지 마라, 뒤로 빠져라, 등의 목소리가 퍼지기 시작했다.

처음엔 악착같이 버텨서 저들을 막아야 한다는 분위기였으나, 결국 우리라도 살자는 분위기로 확 넘어가 버렸다.

본영이 붕괴된다.

다섯 문파들은 서로 저마다 뭉쳐서 뿔뿔이 흩어지면서 사자군의 포위망이 심하지 않은 부분을 향해 비집고 나가려는 시도를 했다.

'검로들을 살려 둔 이유가 이것이었구나!'

이학산은 주변을 보면서 또다시 허탈해졌다.

만약 다섯 문파의 정신적 지주인 검로들이 비무 때 몰살을 당했더라면 이곳에 있는 무사들은 모두 단합이 되어 사자군을 막았을 것이다.

만약 그랬더라면 저들에도 막대한 피해를 주거나, 혹은 여전히 안쪽에 고립된 귀병가를 제거하는 전과를 얻었을지도 모른다.

하지만 제 목숨보다 사문의 안위를 중시하는 검로들이 남으면서 그들의 목표는 항쟁이 아닌 생존으로 바뀌고 말았다.

당연히 이기적인 생각이 앞선다.

"나와라! 거기서 나오란 말이다!"

"무슨 소리야! 너희들이 나와!"

"죽고 싶으냐?"

"뭐? 해 보자는 거냐?"

결국 칼부림은 다섯 문파들 사이에서도 터진다. 검로들이 그럴 시간이 없다며 말려 보지만, 갈등은 이미 최고조를 달리고 말았다.

산에서 도를 닦은 수행자? 마음이 넓은 도사? 그딴 게 무슨 상관이란 말이냐. 전쟁터에서.

'결국 여기서 살아 나간다고 한들…… 의천맹은 다시는 만들어질 수 없겠지……'

만들어진다고 한들 다시 삼십여 년은 지나야만 하지 않

을까?

'역시나 창붕, 그대는 무섭구려.'

도대체 무성, 이자의 노림수는 어디까지 미치고 있는 것일까?

어쩌면 무성은 홍가연과 같은 사람이 나오기를 여태 기다렸는지도 모른다. 살려 달라고. 제발 여기서 싸움을 멈춰 달라면서.

"잠자코 있는 우리를 먼저 건드린 것은 바로 그대들이었소. 그리고 우리는 이미 그대들의 동문들을 숱하게 베었지. 이미 돌아올 수 없는 강을 건넌 거요."

"거기에 대해서는 아무 말씀도 드리지 않겠습니다. 그저 저희로서는 간청을 드릴 뿐입니다. 이 싸움을 멈출 수 있는 분은 련주, 한 분밖에 계시질 않습니다. 부디, 부디 노여움을……!"

강압적인 아미파의 분위기가 싫다면서 늘 자기 멋대로 마음 끌리는 대로 살아왔던 홍가연이지만, 사문과 동문에 대한 마음만큼은 진짜였다.

아니, 애초에 그녀는 이 싸움이 싫었다.

사문의 영광? 영광 따위가 무엇인가. 결국 그럴싸한 명분 아래에서 제자들이 피만 흘리게 되는데.

그래서 검로들을 반대했고, 그들의 선두에 선 이학산을 증

오했다.

사문의 존망이 얼마 남지 않은 지금은 더 그렇다.

이학산은 눈물을 흘리며 애원하는 모습을 보다가 천천히 나서며 그녀의 어깨를 짚었다.

홍가연이 그를 올려다봤지만, 이학산은 고개를 젓는다.

이제 그만하라는 뜻이다.

"하지만……!"

"이제 그만하십시오. 할 만큼 했습니다."

"뭘 다했다는 건가요! 지금 이대로 끝……!"

이학산은 검을 반대로 뒤집어 바닥에다 꽂았다. 그리고 홍가연의 옆에 나란히 앉아 무릎을 꿇고 고개를 숙였다. 홍가연의 눈이 커진다.

"당신……?"

이학산은 홍가연의 놀란 목소리를 흘리며 무성에게 말했다.

"의천맹주로서 약조 드리겠습니다. 지금 이 시각을 기점으로 맹은 황룡각에서 이탈, 무신련에 대한 지지를 선언하겠습니다. 또한, 이 싸움이 끝난 후엔 맹을 해체하고 다섯 문파 모두 본산으로 돌아가 자숙의 의미로 십 년 이상의 봉……문에 들어가겠습니다."

봉문(封門).

구대 문파가 과거 무신에 의해 당해야만 했던 수모를 다시 받아들이겠다고 의사를 밝힌다. 그들 스스로 입에 담았던 죽음보다 더한 치욕의 굴레 속으로 다시 들어간다고 한다.

홍가연 역시 그것이 의미하는 바를 알기 때문에 눈동자가 파르르 떨린다. 이 사람은 지금 맹주로서의 자존심이 아닌 맹도들의 목숨을 청했다.

검로들 역시 여기에 대해서는 별다른 제지를 하지 않는다. 도리어 입을 꾹 다문 채로 이학산과 무성을 쳐다본다. 무언의 긍정이다.

무성은 그들을 가만히 바라보다가 반검을 내리쳤다.

쉭!

이학산은 눈을 질끈 감았다. 먼저 은혜를 잊고 배신을 한 것은 자신이다. 그 분노를 되돌려 준다고 한들 무슨 말을 할 수 있을까.

다만, 자신을 끝으로 부디 더 이상 분노가 홍가연과 다른 의천맹 사람들에게는 미치지 않았으면 했다.

하지만,

툭!

"……."

잘려 나간 것은 그의 목이 아니었다. 위로 틀어 올렸던 도사의 상징, 관건이라 불리는 상투였다.

스르르.

봉두난발이 된 머리카락이 아래로 쏟아진다.

이학산은 조용히 눈을 떴다. 동공이 파르르 떨린다.

"어째서……?"

무성은 이학산을 보며 가만히 웃었다. 그러고는 아무런 말 없이 몸을 반대로 돌리더니 사자후를 지른다.

"모두 싸움을 멈춰라!"

그의 목소리가 전선 곳곳으로 퍼진다. 그러자 사자군이 기다렸다는 듯이 뒤로한 발자국씩 물러선다. 석대룡이 '중지! 중지!'라고 소리를 질러 댔다.

다섯 문파는 모두 죽다가 살아났다는 생각에 기뻐하면서도 한편으로는 우려 가득 섞인 눈동자로 무성 쪽을 쳐다보았다.

거의 궁지로 몰아넣었으면서 포기라니.

무성의 생각을 도저히 읽을 수가 없다.

하지만 무성은 그런 이들에게 대답을 할 의무가 전혀 없다는 듯이 그저 이학산과 홍가연을 보며 살짝 웃었다.

"그 말, 믿겠소."

무성은 그 말을 끝으로 귀병가 쪽으로 돌아간다.

"가자."

간독은 영 찝찝하다는 표정으로 무성을 쳐다본다. 정말 이것으로 끝내도 되겠냐는 의미다.

하지만 구법승은 없는 염주를 마치 있는 것처럼 굴리는 동작을 하며 가만히 아미타불, 불호를 외웠다.

"베푼 은덕은 언젠가 더 크게 돌아옵니다. 련주가 지금 보인 넓은 아량을 언젠가 저들도 아는 때가 올 것입니다."

"저는 그렇게 마음씨가 넓은 사람이 못 됩니다."

간독이 눈을 가느다랗게 좁힌다.

"또 무슨 생각으로 놔둔 거지?"

"여러 가지로."

무성은 알쏭달쏭한 수수께끼 같은 대답만 내놓고 훌쩍 자리를 떴다. 귀병가가 그 뒤를 따른다.

다섯 문파는 서로 눈치를 봤다. 이대로 귀병가를 보내야 할까? 덮쳐야 하나? 보낼 수도, 보내지 않을 수도 없으니 갈등이 섞인다.

하지만 어느 누구도 어떻게 나서지 않는다.

결국 죽은 일로를 대신해 검로의 수장을 맡은 이로가 한숨을 내쉬면서 외쳤다.

"길을 열어라. 우리에겐…… 은인이시다."

무사들은 서로 눈치를 보더니 슬금슬금 좌우로 물러서기 시작했다.

귀병가는 그 사이로 통과해 사자군이 있는 곳까지 무사히 도착했다.

석대룡이 놀란 토끼 눈으로 뛰어와 무성의 손을 잡는다. 큰 덩치에 어울리지 않게 호들갑이다.

"련주! 다친 곳은? 다친 곳은 없는가? 대체 자네 제정신인가? 어떻게 달랑 다섯 명이서 이런 곳으로 무모하게 쳐들어올 생각을······!"

"결국 이렇게 석 장로님께서 구하러 와 주시지 않았습니까? 저는 믿고 있었습니다."

석대룡은 기함을 터뜨렸다.

"만약 일이 잘못되었으면 어쩔······!"

그러다 보는 눈이 많다 여겼는지 주변을 둘러보더니 인상을 팍 찡그린다.

"아무리 련주가 날 믿었다고 해도 이번 일은 너무 큰 도박이었네. 하여간 이 일에 대해서는 내가 따로 따질 것이야."

"얼마든지 받아드리겠습니다."

"한데, 이대로 정말 전쟁을 끝낼 생각인가?"

"낙양에서부터 이곳까지, 수없이 이동을 하면서 전투까지 치러 모두가 피곤한 상태입니다. 여기까지가 맞습니다."

"하지만 저들은······!"

"무슨 말씀을 하시고 싶으신지 잘 압니다. 하지만 저들이 있어야 우리 역시 뒷일을 걱정하지 않을 수 있습니다. 든든한 방패막이 되어 줄 테니까요."

"음? 그게 무슨 소린가?"

"자세한 건 이따 말씀드리겠습니다. 그보다 이곳을 벗어날 때는 나타났을 때보다 더 당당하게 떠날 수 있도록 해 주십시오. 저들의 뇌리에 얼마나 강렬하게 남느냐에 따라서 차후의 일이 결정 날 테니까요."

"무슨 생각인지는 모르겠네만, 련주의 결정이 그렇다면 다 계산이 선 것이겠지. 그리고 그런 것이야 내 전문이 아닌가?"

석대룡은 씩 웃더니 우렁찬 목소리로 전군에 명령을 내렸다.

"전군—! 물러선다—!"

사자군은 빠른 속도로 물러났다.

그들은 설사 등 뒤를 공격한다 해도 전혀 무섭지 않다는 듯이 패용하던 무기를 전부 검집으로 밀어 넣고 전열까지 갖추며 절도 있게 사라졌다.

그 인상이 강렬하게 의천맹의 뇌리에 박혔다.

그들이 떠나는 내내 무사들의 시선은 도무지 떨어질 줄을 몰랐다.

여태 금의위와 동창에게 패배해 꼬리를 말고 도망치는 비루한 늑대라고만 생각하지 않았던가.

하지만 그들의 생각이 틀렸다.

무신련은 비루한 늑대가 아니었다. 허기진 호랑이었다.

사냥꾼들이 덫을 놓아 상처를 입고 도망치긴 하지만, 여전히 포악하고 사나운 맹수다. 상처를 보듬고 기력을 되찾고 나면 다시 세상을 떨쳐 울릴 녀석이다.

그런 것도 모르고 주제넘게 잡고자 했으니.

의천맹 무사들은 멍하니 그렇게 있다가 사자군이 완전히 사라지고 나서 허탈함에 잠겼다. 그러다 하나둘씩 정신을 차리며 주변의 눈치를 보기 시작했다.

사자군이라는 벽이 사라지자 드디어 자신들이 했던 부끄러운 행동들이 떠오른 것이다.

서로 살고자 아등바등 소리를 질러 대던 모습이 떠오른다. 서로에게 칼을 겨누었던 것도 떠오른다. 한편으론 다쳤던 무신련을 악착같이 쫓았던 자신들과 다르게 승기를 거머쥐고도 자신들을 놔주는 아량을 베푼 무성에 대한 부끄러움도 생겼다.

어제까지만 해도 한솥밥을 먹으며 우정을 노래하고 하늘을 이야기하던 무사들은 더 이상 가까워질 수 없는 강을 건너고 말았다.

다섯 문파 사이로 미묘한 기류가 흐르는 그때,

"돌아갑시다. 모두 각자가 왔던 곳으로. 그리고 다시 차후를 기약합시다. 지금의 련주는, 무신 때보다 더 깐깐한 존재란 것이 밝혀지지 않았습니까?"

결국 그 말과 함께 다섯 문파는 검을 거두었다.

하지만 서로를 바라보는 눈길에는 여전히 불신의 눈초리가 섞여 있었으니. 그러면서도 일을 이 지경으로 만든 이학산을 원망 섞인 눈빛으로 노려본다.

'이것으로 맹은 해체되었구나.'

이학산이 씁쓸하게 웃는다. 다섯 문파의 공동 장문인으로 추대되었던 자신이 아닌가. 이들을 모두 살리기 위한 선택이었다지만, 그래도 이런 원망과 비난을 받게 되면 가슴이 아플 수밖에 없다.

그때 그의 손을 부드러운 손길이 꼭 붙잡았다.

"괜찮아요. 이제부터 다시 시작하면 되니까요."

홍가연이 이학산을 쳐다본다.

이학산은 말없이 웃었다.

맹은 잃었으나, 사랑은 얻지 않았는가.

'아니. 둘 다 포기할 순 없어.'

이학산은 목숨을 구하고 나니 새로운 욕심이 들었다. 이대로 다섯 문파를 포기할 순 없단 생각. 의천맹이 이대로 무너지는 것을 지켜볼 수는 없었다. 전대 다섯 장문인들이 그에게 내공을 넘기면서 반드시 부탁했던 게 있지 않았던가.

그 업을 완성해야만 한다.

하지만 그렇다고 해서 다시 무신련과 충돌을 한다고 하면 반발만 돌아올 것이다.

그럼 어떻게 해야만 할까?

그때 문득 무성이 떠나면서 했던 말이 떠오른다.

"그 말, 믿겠소."

'믿는다고? 무엇을? 나를? 아니면 맹을?'

그러다 이학산은 뭔가를 떠올렸다.

'그렇구나. 그것이구나!'

자기도 모르게 입가에 쓴웃음이 번진다.

'……창붕, 그대는 정말 무서운 사람입니다.'

* * *

사자군과 귀병가가 다시 서쪽으로 이동하는 동안 석대룡은 호들갑을 떨었다.

"내가 정말 얼마나 많이 걱정했는지 아는가!"

무성은 웃음을 멈출 수가 없었다. 덩치는 산만 한 사람이 왜 이렇게 발을 동동 구르는 건지. 무게를 잔뜩 잡으면서 전장을 지휘하던 모습이 마치 거짓말 같다.

"웃을 땐가! 지금!"

"죄송합니다. 그래도 웃음이 나와서요."

"아이고! 속 터져!"

석대룡은 주먹으로 가슴팍을 두들겼다. 정말 분통이 터진다는 얼굴이다. 그러다 한숨을 내쉰다.

"사실 이번 일은 우리도 엄청 위험한 결정이었네. 그래도 자네가 의천맹을 직접 찾아갔다는 말을 들었을 때는……! 으으으으!"

석대룡은 처음 자신이 받았던 명령과 다른 명령이 전서구로 떨어졌을 때 크게 갈등했다.

이것이 정말일까? 현무군에서 날아온 게 맞나? 무성의 지시가 맞을까? 혹시 지휘 체계에 혼선을 주기 위해서 황룡각에서 무슨 수를 쓴 건 아닐까?

그래서 한참이나 고민해야만 했다.

하지만 그에게 주어진 고민의 시간은 길지 않았다.

당장에 금의위가 후미까지 치민 데다가, 무성은 그 시각에도 의천맹의 본영 한가운데에서 외로운 싸움을 하고 있었을 테니.

그러나 고민은 길지 않았다.

군을 존속시킨다고 한들, 련주의 명령을 듣지 않으면 어찌 무신련의 무사라 할 수 있을까.

그래서 이동을 빠르게 하기 위해서 모든 군장을 군영에다 버리게 했다. 다행히 도착했을 때는 비교적 시기가 적절하게 맞아떨어졌다.

다만, 결과는 그가 예상했던 것과는 조금 달랐다.

"한데, 의천맹을 저리 놔둔 이유가 무엇인가?"

귀병가의 시선도 저절로 무성 쪽으로 향한다. 특히 간독이 가장 궁금해하는 얼굴이었다.

무성이 담담하게 웃는다.

"뒷일을 생각해야지요."

"뒷일이라면?"

"대영반은 머리가 아주 좋은 사람입니다. 만약 군영이 그렇게 남아 있는 걸 발견한다면 즉시 의천맹 쪽으로 병력을 돌리지 않겠습니까?"

"……!"

"만약 여전히 의천맹과 전투를 치르는 와중이었다면 금의위로 인해 다시 앞뒤로 포위가 되었을 겁니다. 어디까지나 사자군은 위협만. 그 뒤는 최대한 전투를 빨리 끝내고 자리를 떠야만 했어요."

석대룡의 얼굴이 잔뜩 굳었다.

"그래도 큰일이 아닌가? 결국 저들은 만나게 될 테고, 우리의 노림수도 읽을 텐데? 만약 저들이 손을 잡고 다시 우리의 후미를 치려 한다면……!"

"아뇨. 그럴 일은 없을 겁니다."

무성은 단호하게 고개를 저었다.

"의천맹은 이제 금의위의 진격을 막는 방패가 되어 줄 겁니다."

*　　*　　*

진성황은 의천맹의 본영에 도착하고서 인상을 잔뜩 굳혔다.

영채는 무너졌고, 땅은 곳곳이 파였다. 급하게 지우긴 했지만 핏자국도 도처에 널려 있다.

무엇보다 의천맹 무사들의 표정이 좋질 않았다. 뭔가 허탈한 듯 넋이 빠져 버린 모습들. 마치 무덤에서 기어 나온 망령들처럼 터덜터덜 발걸음에 힘이 없다.

이미 군영은 모두 철거를 시작한다. 그렇다고 속도가 있는 것도 아니다. 힘없이 천천히 한다. 더 이상 의천맹을 상징하던 투기와 기세는 눈을 씻고 봐도 찾을 수가 없다.

끝났다.

진성황은 이들을 보는 순간 딱 그 생각이 떠올랐다.

처절한 전투가 벌어질 것이라 예상했던 자신의 판단과 다르게 이미 전투는 모두 끝나 버렸다.

"대체 어떻게 된 일인가?"

이학산은 쓰게 웃었다.

"구명(救命)을 받았지요."

"목숨을 구걸했단 뜻인가?"

"물론."

이학산은 자존심을 꺾는 발언인데도 전혀 거리낌이 없었다. 그를 둘러싸고 있던 기운도 모두 사라지고 없다.

"지금이라도 늦지 않았다. 모두를 데려가긴 그른 것 같으니 지원자를 뽑아라. 놈들도 발에 날개가 달리지 않은 이상 멀리 달아나진 못했을 것이니 곧장 뒤쫓으면 될 것이다. 원한은 갚아야 하지 않겠는가?"

진성황은 말에 힘을 가득 주었다. 공력이 잔뜩 실리면서 구석구석으로 퍼져 나간다. 전장에서 패배를 겪어 사기가 꺾였을 때 군사들을 독려하기 위해 그가 자주 써먹곤 하던 방법이다.

심장에 강한 충격을 준다. 투지를 강제로 심어 넣어 정신을 번쩍 들게 만든다.

분명 지금도 효과는 있었다.

땅만을 보고 걷던 자들이 하나둘씩 고개를 들기 시작한다.

아주 조금이나마 긴장감이 돈다. 원념 섞인 시선이 쏟아진다.

하지만,

'날 보고 있다……?'

분명 무신련에 대한 원망을 불살라야 할 녀석들이 도리어 진성황과 금의위를 노려본다.

금의위 역시 의천맹의 적개심을 느끼고 하나같이 긴장하며 검을 뽑아 들기 시작한다. 의천맹 역시 이에 질세라 들고 있던 도구를 바닥에 내리며 검을 뽑았다.

이제는 긴장감이 팽팽해지면서 군영 저변을 타고 흐르기 시작했다.

"이게 무슨 짓인가?"

"금의위야말로 무슨 짓입니까?"

이학산이 차갑게 내뱉는다.

"이미 본 맹은 무신련에 구명을 받는 조건으로 십 년 봉문을 하겠다 선언을 하였습니다. 저절로 황룡각도 탈퇴를 하게 되는 것이니 저희를 강제하려 하지 마십시오."

진성황이 으르렁거린다. 무성이 무언가 이들에게 수를 썼다는 생각이 강하게 들었다.

"본 각이 원할 때 들어오고 나가고 싶을 때 함부로 나가는, 그런 시골 장터인 줄 알았더냐? 지난 결맹을 깬다면 역적으로 내몰릴 것인데, 그래도 상관없단 말이냐?"

"상관없소."

"뭣이라?"

"본 맹은 오늘부로 무신련의 편에 설 것이오. 만약 금의위가 그들의 뒤를 쫓는다면 우리를 먼저 밟고 지나가셔야만 할 것이오."

이학산은 무성이 했던 말을 다시 상기한다.

약속을 잊지 않겠다는 말.

그것은 무신련에 대한 충성을 지키란 뜻이다.

하지만 무성의 속내는 단순히 거기서 끝나지 않는다. 어차피 궤계가 난무하는 강호에서 구두로 이뤄진 약속 따위 얼마든지 깨질 수 있지 않은가.

다만, 무성은 이학산에게 넌지시 말하고 있었다.

맹을 존속하고 싶거든, 새로운 적을 만들라고.

맹이 이런 피해를 입게 된 원인은 무신련이 아닌 여태 강압적으로 그들을 전선으로 내몬 금의위라고.

이학산은 그 말을 충실히 따랐다.

第六章

바랜 꿈이 잠에 들다

무성이 말한다.

"의천맹의 특징이 무엇인지 아십니까?"

"그야 구대 문파의……."

"그것은 특성이죠. 특징이 아닙니다."

석대룡은 난감한 얼굴이 됐다. 한평생 칼만 휘둘러 온 그로서는 이렇게 적을 깊게 연구해 본 적이 없다. 고개를 갸웃거린다.

그러다 내놓은 대답은,

"여, 역사가 깊다는 것?"

무성이 가볍게 웃으며 답을 정정해 줬다.

"아닙니다. 련에 대해서 전혀 모른다는 겁니다."

"어?"

석대룡을 비롯한 사람들은 모두 놀란 얼굴이 된다. 어렴풋하게나마 무슨 뜻인지 알 것 같았다.

"무당파를 제외한 구대 문파를 구성하는 인원 대다수는 사실 본 련을 겪어 보질 못했습니다. 문파의 어른이라 할 수 있는 사람들은 사부님을 겪어 봤겠지만, 그 아랫세대는 산문에서만 살았을 테니 강호 경험이 전무하죠."

"그렇군!"

"일방적으로 어른들이 주입한 적개심만 갖고 있을 뿐. 하지만 이번에 확실히 깨달은 겁니다."

"련을 상대하기란 힘들구나, 라고 생각했겠지?"

"예."

"그런 경우 숱하게 봐 왔지. 한 번 꺾인 상태에서 두 번 꺾이고 나면 아예 자기 한계를 설정해 버리는 경우를."

"하물며 오랫동안 산에서 살아 외골수가 되어 버린 이들이라면 경우가 더 심합니다."

"외골수는 그만큼 자존심이 세니까."

"그런 자존심을 꺾게 만든 사람에 대한 원망은 커질 수밖에 없지요."

"그래서 저절로 금의위에게 칼을 겨누게 된다는 겐가? 흐흠! 하지만 그 정도로 여기기엔 너무 도박이 컸어. 반대로 생각하면 자존심이 그만큼 세기 때문에 어떻게든 악착같이 앞뒤도 재지 않고 없애려 들 수도 있는데?"

"의천맹에는 다른 외골수에 없는 특성이 있습니다."

"뭔가?"

"수치를 안다는 것입니다."

"수치를 안다?"

이건 또 무슨 말인가?

"낭천막과 같은 후안무치한 사람들이라면 충분히 일리가 있습니다. 하지만 구대 문파는 언제나 교육을 받지 않습니까? 수양을 쌓고요."

"그렇군! 자기들 입으로 련에다 항복을 하겠다고 해 놓고선 그것을 꺾지는 못할 것이다? 하물며 이미 비무에서 탈탈 털린 상태였으니 더더욱 그러할 것이고."

"그렇습니다."

"심리를 교묘하게 이용한 셈이로군."

"예."

석대룡은 가볍게 혀를 내둘렀다. 심리를 이용해서 상대를 틀어막을 생각을 할 줄이야.

"하지만 이미 큰 피해를 입은 의천맹이 과연 제대로 된 방패막이 되어 줄 수 있을까? 금의위가 미친 척을 하고 밀어 버릴 수도 있을 텐데?"

"아닙니다. 금의위는 의천맹과 절대 싸우지 못합니다."

"어째서?"

"저들은 종교이지 않습니까?"

"그렇군!"

석대룡은 그제야 머릿속에 낀 안개가 말끔하게 씻겨 사라지는 기분이었다.

*　　*　　*

이학산이 고한다.

"결정하십시오. 저희를 짓밟고 지나가시겠습니까? 그렇다면 쉽게 당하지는 않을 것입니다. 저희도 더 이상 물러설 곳이 없으니 말입니다."

바드득!

진성황은 이를 갈았다. 웬만한 일에는 눈 하나 깜빡하지 않는 그였지만 지금만큼은 분노가 너무 컸다.

말이야 역모 혐의를 씌운 댔지만 사실상 불가능하다.

과거 대라종과 같은 경우엔 역사가 짧아 마교의 굴레를 씌울 수 있었지만, 의천맹은 경우가 다르다.

적어도 수백 년, 많게는 천 년 동안 민중에 녹아 있던 자들

이다. 현 황실보다도 더 유구한 역사를 간직한 이들을 단번에
쳐 내면 자연스레 백성들의 반발을 사고 만다.

물론 시간을 들여 하나하나씩 처리하는 것이라면 충분히
가능하다.

하지만 이렇게 한데 모인 작자들을 지금 당장 쓸어버리기
엔 무리가 따른다. 자칫 조정으로 돌아갔을 때에 역풍을 맞
을 수도 있다. 호시탐탐 진성황이 실각하기만을 바라는 자항
이 든는다면 옳다구나 하고 달려들겠지.

이학산도 거기에 대한 계산이 미친 것이다.

지금 당장 금의위가 자신들을 어찌지 못할 거란 생각.

그리고 이 일을 통해 전방위로 시작될 조정의 압박을 견디
기 위해서 다시 맹의 체제를 굳건히 하려 들 테지.

'이래서 강호의 천것들은……!'

그나마 쓸모가 있다 여겨 끌어들인 작자들일지라도 근본
은 강호를 살아가는 무뢰배.

하등 도움이 안 되는 인간들일 뿐이다.

"자신…… 있는가?"

"이제부터 만들어 갈 생각입니다."

"그 대답, 계속 이어지길 빌지."

"멀리 배웅하지 않겠습니다."

진성황은 코웃음을 치더니 고삐를 당겨 말머리를 반대로

돌렸다.

"돌아간다."

결국 금의위는 더 이상의 무신련에 대한 추격을 멈춰야만
했다.

이 이상은 의천맹의 영역이었다.

*　　　*　　　*

"허허허허허! 이렇게 골치 아픈 사안들이 말끔하게 정리가
되어 버릴 줄이야."

석대룡은 웃음을 터뜨리다가 뚝 그치며 눈을 가느다랗게
떴다.

"그럼 난 시험을 통과한 겐가?"

"예."

"거참, 갑갑하구만. 한평생 몸을 담근 조직으로부터 의심이
나 사고 말이야. 난 또 그걸 해명하느라 전전긍긍해 댔으니."

투덜거리며 묻는다.

"하면 통과한 건 나와 철산, 그 친구일 테고. 남은 사람은
천리비영과 고황, 그 친구인가?"

"예."

"그럼 이제 묻겠네."

석대룡은 긴장감이 잔뜩 어린 표정으로 묻는다.

오랜 시간을 같이 지낸 벗을 의심해야만 하는 상황이 화가 난다기보다 오히려 슬프기만 하다.

"세작은…… 누군가?"

＊　　　＊　　　＊

파바밧!

십여 개의 그림자가 바쁘게 어둠 속을 달린다.

은영산.

사영각의 일부를 차지하며 여태 무신련의 눈과 귀를 가렸던 이들은 두 명의 재상, 유화와 방소소를 제거할 목적으로 대막사를 쳤다.

막사 문을 여는 순간,

쉭! 쉬쉬쉭!

은밀한 기척을 읽은 호위무사들이 일제히 그쪽 방향으로 검을 휘두른다.

그림자들은 마치 그것을 알고 있었다는 듯이 허리를 숙여 아주 자연스럽게 피한다. 그러면서 몸을 비틀어 손에 쥐고 있던 비수를 던졌다.

퍼퍼퍽!

호위무사들은 저마다 미간에 비수가 꽂힌 채로 뒤로 벌러덩 나자빠졌다.

그야말로 빠르면서도 단호한 동작이다.

모든 방해꾼들을 없앤 그림자들은 대막사 중앙으로 걸어갔다.

중앙에는 업무를 보던 유화가 앉아 있었다. 방소소는 유화의 뒤편에 서서 그들을 노려봤다.

"거기 멈추세요."

유화는 자신을 보호해 주던 호위무사들이 모두 쓰러졌는데도 불구하고 눈꺼풀만 살짝 떨릴 뿐 크게 충격을 받지 않았다. 아니, 아랫입술을 꾹 깨물며 참는다. 그러고는 단호한 목소리로 말한다.

물론 그녀의 말을 들을 그림자들이 아니다.

그들은 이미 죽음 따윈 각오를 해 둔 상태였다.

후에 남을 가족들의 안위 또한 진성황에게 모두 맡겼으니 뒤처리는 알아서 해 줄 것이다. 그들에게 진성황은 가진 모든 것을 바쳐도 아깝지 않을 주군이었으니.

"멈추라고 분명 말씀드렸습니다, 형 당주."

"······!"

순간, 그림자의 발걸음이 우뚝 멈춘다. 특히 가장 선두에 있던 사람의 눈길이 크게 요동친다.

바로 그 순간,

쉭!

천장에서 무언가가 툭 떨어지면서 그림자들의 목을 베어 간다.

얼마나 빠른 기습이던지, 정체가 들켰다는 사실에 살짝 충격을 받은 틈을 노린 공격 때문에 그림자 중 다섯의 목이 굴러떨어졌다.

선두에 있던 자는 반사적으로 몸을 홱 돌렸다.

팍!

그가 있던 자리로 비수가 허망하게 꽂힌다.

그림자의 수장은 허공에다 주먹을 강하게 뿌렸다.

파바바박!

권격에 의해 밀려난 풍압이 수십 개의 칼바람으로 분산되어 사방으로 흩어진다. 마치 잘 벼린 칼처럼 아주 날카로워 닥치는 대로 모든 것을 베어 버린다.

땅을 할퀴고, 천막을 찢고, 가구들을 부순다.

하지만 이에 상응하는 공격 역시 만만치 않다. 고양이가 발톱을 꺼내듯이 손가락 사이로 비수를 한가득 뽑아 들더니 뿌린다.

따다다다당!

비수는 눈에 보이지도 않는 칼바람을 요격하면서 사방으

로 튀어 올랐다.

팟!

호위무사는 단숨에 공간을 질주, 그대로 그림자의 목젖 쪽으로 역수로 쥔 단검을 그었다.

타닥!

그림자는 철판교의 수법으로 허리를 뒤로 바짝 숙여 단검을 피하고는, 몸을 팽이처럼 돌리는 전사경의 수법으로 허공을 후려치듯이 왼팔을 채찍처럼 길게 뻗었다.

호위무사는 그것을 손등으로 밀쳐 내면서 무릎으로 명치를 찍었고, 그림자는 이것을 다시 왼 손바닥으로 막으며 오른쪽 팔꿈치로 옆구리를 세게 쳤다.

퍼퍼펑!

삽시간에 둘 사이에 박투가 수합이나 이뤄진다.

얼마나 기세가 흉흉하던지, 주먹과 다리를 움직일 때마다 풍압이 횡, 횡, 하고 일면서 잇달아 공기가 터져 나가는 소리가 대막사를 흔들어 댔다.

휘말리게 되면 웬만한 무인 따위는 머리가 그대로 터져 나갈 위험천만한 상황이 연속적으로 이뤄진다.

그런데도 유화는 제자리에서 꿈쩍도 않았다. 망부석이 되어 그들의 싸움을 지켜본다.

방소소가 아랫입술을 질끈 깨물었다.

"유화……."

"언니, 우리는 이 싸움을 똑똑히 지켜봐야만 해요."

"알아."

아무리 그동안 속내를 숨기면서 자신들의 눈과 귀를 가렸다고는 하나, 두 사람이 그에게 줬던 감정만큼은 진짜였다.

그러니 마지막을 확인하는 것도 그녀들의 몫이었다.

설사 지금 이 자리가 실패로 돌아가 두 사람이 당해 버린다할지라도.

그사이 다른 그림자들은 피를 흘리며 쓰러졌다.

원통하다는 듯이 유화와 방소소를 쳐다보는 그들의 두 눈은 마지막 숨을 내뱉을 때까지 떨어질 줄 몰랐다.

'이것이…… 강호로구나.'

유화는 이제야 진짜 강호가 무엇인지 어렴풋하게나마 알 것 같았다.

처음에는 그저 서로 죽고 죽이는 곳으로만 여겼지만 그게 아니었다.

자신의 뜻에 따라 혼을 불사르는 곳.

그게 정답이었다.

이제 남은 것은 그림자의 수장뿐. 하지만 그마저도 승부는 거의 종지부를 찍어 가고 있었다.

애초 그림자의 수장은 이런 협소한 공간에서 싸움을 벌이는 것이 편하지 않은 듯, 손발이 많이 어지러웠다.

반면에 호위무사의 권격은 호쾌하기 그지없다. 쉴 새 없이 연환격을 뿌려 대며 그림자를 궁지로 몰아넣다가, 마지막에 안쪽 다리를 걸며 그대로 넘어뜨렸다.

쿵!

그림자가 그대로 뒤로 나자빠진다. 그는 다시 몸을 일으켜 세우려 했지만, 그보다 먼저 호위무사가 역으로 쥔 비수를 어깨에다 강하게 찍었다. 마혈이 있는 곳이었다.

퍽!

"쿨럭……!"

그림자가 쓰고 있던 복면이 출렁거리더니 곧 붉게 물든다.

"헉, 헉, 헉……."

호위무사는 그림자를 제압하는 것이 많이 힘들었던 듯 땀을 한가득 흘렸다. 호리호리한 체구를 한껏 드러내는 옷이 흥건하게 젖을 정도였다. 하지만 그가 흘리는 땀보다 눈가에 맺힌 눈물이 더 많았다.

"어째서……인가요?"

호위무사의 목소리는 아주 가녀렸다. 나이가 들었어도 미성이다. 땀으로 푹 젖은 복면이 홀렁 떨어진다. 그러자 드러난 모습은, 바로 천리비영이었다.

왜냐고 묻는 천리비영의 눈가엔 눈물이 가득 맺혔다.

그녀는 말없이 피만 게워 내는 그림자의 복면을 벗겼다. 고황이 천리비영을 올려다보고 있었다.

"왜냐고 묻잖아요!"

"당신은…… 눈물이 많아. 겉으론 언제나 차갑게 굴지만 실상은 감정 표현이 너무 많으니 다른 사람들에게 보이기 싫어 복면을 쓰고 다닌 거였지? 그래서 늘 걱정했어. 언젠가 이런 일이 터지면 어쩌나 하고 말이야. 그런데 결국 이렇게 되고 말 줄이야."

고황의 입가에 씁쓸함이 맺혔다.

"이유나 대답하세요!"

"글쎄. 어쩌다 이렇게 되었을까?"

고황의 목을 겨눈 칼끝이 파르르 떨린다.

고황은 담담하게 웃더니 두 눈을 질끈 감았다. 모든 것을 포기했다는 듯이.

천리비영은 재빨리 고황의 혈을 짚었다. 오랫동안 련을 속여 왔던 자다. 자칫 자결을 할 수 있으니 신병을 구속해야 했다.

스르르.

고황의 몸이 축 가라앉는다. 깊이 잠에 들었다.

천리비영이 천천히 몸을 일으키니 수하들이 다가와 포승줄로 고황을 포박하기 시작했다.

그녀의 시선은 고황에게서 한참 동안이나 떨어질 줄을 몰랐다.

수많은 감정이 눈가를 스친다.

슬픔, 안타까움, 노여움, 배반감…….

오랜 세월 등을 맞대며 살아왔던 그녀가 받은 충격이 얼마나 클 것인가.

옆에서 상황을 지켜보던 유화와 방소소는 묻고 싶은 것이 많았지만 천리비영의 무거운 분위기에 차마 말을 꺼낼 수가 없었다.

천리비영이 시선을 뒤로 돌린다.

유화와 방소소의 눈동자가 살짝 흔들렸다. 천리비영의 입가에 씁쓸한 미소가 걸렸다.

"두 분 다 묻고 싶은 게 많으시겠죠?"

두 사람이 고개를 끄덕인다. 특히 가장 큰 배반감을 느꼈던 방소소는 너무 놀라 아무런 말도 하지 못했다. 다만, 유화는 깊은 생각에 잠기다 알겠다는 듯이 고개를 끄덕였다.

"련주의 계략이었군요."

천리비영이 담담히 고개를 끄덕인다.

"맞아요."

유화는 땅이 꺼져라 한숨을 내쉬었다.

"내게 귀띔이라도 해 줬으면……."

"그게 목적이었어요. 아군도 속이는 것."

"이유를 물어도 될까요?"

천리비영의 입이 천천히 열리기 시작했다.

*　　　*　　　*

"그게…… 사실인가? 고황이 세작이라고?"

석대룡이 자기도 모르게 크게 소리를 지른다. 사자군 전체에 퍼져 들릴 정도였다.

"예."

"그, 그런!"

충격이 큰 사람은 석대룡만이 아니었다. 무성의 말을 듣고 있던 사자군 전체가 동요하기 시작했다.

고황이 누구던가!

무신 백율이 처음 이 세상에 나와 무신행을 실시했을 때 가장 먼저 그의 옆을 지켰던 이들 중 하나였으며 조철산과 함께 홍운재의 실질적인 중심 역할을 했던 사람이었다.

또한, 무신련의 모든 율법을 관장하는 형당의 수장으로 있으면서 신상필벌에 절대 사리사욕을 들이대지 않던 사람이기도 했다.

평소 책을 좋아하고 과묵하며, 금욕적이기도 했다. 소림사의 속가제자 출신으로, 한평생 혼인도 하지 않을 정도로 무공 수련에도 빠져 있어 사람들은 우스갯소리로 '자네는 책과 무공이 아니면 어찌 살아갈 텐가?'라고 말하기도 했다

하지만 그만큼 그에 대한 사람들의 신의도 엄청났건만.

특히나 고황과 마찬가지로 동문 출신인 구법승과 남소유는 가만히 침묵을 지켰다.

그가 어떻게⋯⋯?

"야! 언제는 천리비영이라면서!"

간독이 짜증 가득 섞인 목소리로 소리를 질러 댄다. 의천맹으로 오기 전에 그럴싸하게 설명을 해 놓고선 이제 와서 바꿔 버리면 어쩌자는 건가!

무성은 미안하다는 표정이 되었다.

석대룡이 떨리는 목소리로 묻는다.

"자, 자네 혹시 차, 착각한 것은⋯⋯?"

무성은 단호하게 고개를 저었다.

"아닙니다. 맞습니다."

"하, 하지만⋯⋯!"

"저도 처음엔 긴가민가했습니다. 믿기지가 않았지요. 하지만 한 가지 단서 때문에 어쩔 수가 없었습니다."

"뭘⋯⋯가?"

"출신."

"출신?"

"고 당주는 소림사의 출신이셨지요. 구대 문파 말입니다."

"그게 무슨 소리요, 가주! 지금 그 말은 본사를 모욕하는 것과 마찬가집니다!"

그때 이야기를 듣고 있던 구법승이 항의한다. 그럴 수밖에 없다. 이번 의천맹에 가담한 것은 다섯 문파뿐. 구대 문파라며 한데 엮이긴 해도 소림사는 이번 일에서 널찍이 떨어져 있다. 그런데 의심을 하다니.

"구 사형의 말씀이 맞아요. 그렇다면 저 역시도 의심을 해야 하는 것 아닌가요?"

남소유 역시 다른 어느 때보다 차가워 보인다. 특히 그녀는 과거 무신련을 나오면서 고황으로부터 따로 무공까지 전수받지 않았던가.

면벽 수련을 하면서 가장 큰 도움이 되었던 것이 고황이 그때 준 비급이었던 것을 떠올려 본다면, 이번 일은 그녀에게도 절대 물러설 수 없는 일이었다.

무성이 대답한다.

"시기가 다릅니다."

"시기?"

석대룡은 심기가 불편한 남소유와 구법승이 화를 내지 않도록 대신 나서서 물었다.

"사부님이 유명해지신 때가 언젠지 아십니까?"

"그야 소림사의 백팔나한진을 깼을 때……! 아!"

"그때부터 무신행의 행사도 커지기 시작했습니다. 고 당주께서 산문을 박차고 나와 사부님의 옆으로 다가선 것도 그때부터고요."

"하, 하지만……!"

"구대 문파는 오래전부터 알게 모르게 황실의 간섭을 받아왔습니다. 강호를 제어하기 위한 그네들의 장치로써요. 고 당주도 거기서 비롯되었다고 한다면 이상하지는 않습니다."

"으음!"

"그러다 무신이라는 존재가 튀어나왔습니다. 고 당주께서는 당시 소림 속가 내에서도 가장 촉망받는 인재셨다고 하더군요. 주변 사람들과의 관계도 좋아서 인망도 있으셨고요. 그러다 갑자기 사문을 박차고 사부님께로 가셨지요. 배신자 소리를 들으면서요."

"사문의…… 복수를 위해서였다고 생각하는가?"

"충분히 가능하다고 봅니다. 그 뒤에 황룡각이 붙은 것인지, 아니면 그전부터 인연이 있었는지는 저도 알 수는 없습니다만."

"우리도 처음엔 그런 생각을 했었지. 백가 놈에게 박……살이 나 버린 곳의 사람이 옆에 있겠다고 했으니."

석대룡은 슬쩍 남소유와 구법승의 눈치를 보다가 마땅한 단어를 찾지 못했는지 슬쩍 흘려서 말했다. 다행히 두 사람은 무성에게 집중하고 있어 제대로 듣질 못했다. 석대룡도 그것을 알고 힘을 주어 말을 이었다.

"하지만 지난 수십 년 간 고황이 우리에게 보여 줬던 모습은 진짜였어. 우리가 바본가? 그런 것도 모르려고? 말이 없어 속을 알 수 없는 녀석이긴 했네만, 그래도 사람을 대할 때는 언제나 진실했던 친구였어!"

석대룡이 주먹을 부르르 떨었다.

"심증만으로 의심하지는 말게!"

"따지자면 심증은 사영각주가 제일 심합니다. 조정에서 대영반과 함께 한때 같은 파벌을 일구던 박이선을 남편으로 두었으니까요."

"그런데 왜?"

"저 역시 처음엔 사영각주를 의심한 게 사실입니다."

"그런데?"

"낙양을 떠나기 전에 사영각주가 비밀리에 절 찾아왔습니다."

"뭐?"

석대룡이 놀란 얼굴이 된다.

"그분이 그러시더군요. 련 내에 우리가 모르는 그림자가 있는 것 같다고. 사영각이 이미 그들의 수중에 넘어간 지 오랜 것 같다고. 그러면서 여태 숨겨 두셨던 당신의 내력을 모두 털어놓으셨습니다. 자신을 믿어 달라면서."

석대룡은 끙 하고 앓았다.

"그렇게 된 것이었구만. 어쩐지……."

삼십여 년을 같이 한 자신들도 모르는 천리비영의 과거사를 어떻게 무성이 알고 있나 했더니. 귀병가를 통해서 알아낸 게 아니라 자신이 직접 밝힌 것이었나?

"그때부터 사영각주와 작전을 짰습니다. 어디에 숨어 있을지 모르는 세작을 걸러 내기 위해서요. 고 당주가 용의 선상 상위에 올랐습니다. 사영각과 마찬가지로 형당도 련을 뜻대로 움직이는 데는 충분하니까요. 하지만 한 분만 의심할 수는 없었기에……."

"우리를 전부 의심했다, 이건가?"

"예."

"세작 역시 의심을 받지 않으려 사영각주를 세작으로 보이기 위한 작전을 짜고 있는 상황이었으니, 사영각주를 직접 미끼로 내세운 겁니다."

"우리가 전부 그쪽으로 의심을 하는 사이에……."

"끌어들이는 겁니다. 한곳으로."

"철산이나 내가 세작이었으면 련주가 위험했을 테고, 고황이 세작이었다면 현무군이 위험했을 거군."

"예."

석대룡은 땅이 꺼져라 한숨을 내쉬며 뒷머리를 벅벅 긁었다. 아주 짧은 시간 사이에 그는 십 년 이상이나 되는 세월을 맞은 것처럼 보였다.

그만큼 그가 받은 충격은 컸다.

"하지만 천리비영이 황룡각의 끄나풀이면서 련주를 속이기 위해 선수를 쳤을 가능성도 있지 않은가?"

"그럴 가능성도 있었습니다만, 다른 이유로 불가능했습니다."

"뭔가?"

무성은 하늘을 쳐다봤다.

"사영각주는…… 사부님의 자식을 가졌습니다."

"……!"

"……!"

"으, 응? 그, 그야 천리비영이 백가 놈을 볼 때마다 눈초리가 심상치 않았던 건 사실이지만……!"

"사부님은 당신으로 인해 아내가 죽고 아들이 망가지는 모습을 보아야 했고, 사영각주는 정쟁으로 인해 남편이 죽는 모습을 봐야만 했던 불쌍한 분들이셨습니다. 서로가 서로의 상처를 안아 주는 게 이상하지는 않을 테지요."

무성의 안색이 살짝 어두워진다.

"사영각주도 많이 고민을 했다고 합니다. 무공 때문에 노화를 막았다지만, 어디까지나 노산이니 몸이 버틸 수 있을까 하고요."

"백가 놈은…… 알았나? 이 사실을?"

무성은 고개를 휘이휘이 저었다.

"사부님께 말씀을 드리려고 했던 날에 일이 터진 겁니다."

"미치겠군!"

석대룡은 잔뜩 이골이 나 땅에 구르고 있던 돌멩이를 발로 걷어찼다.

그러다 땅이 꺼져라 한숨을 내쉰다.

"낙양을 나오면서 여기까지 오는 동안 너무 많은 일이 벌어져서 이젠 뭐가 뭔지 하나도 모르겠어."

그의 눈가에 짙은 슬픔이 감돈다.

한평생을 몸담아 왔던 조직이 쇠망하고 다시 부활을 꿈꾸는 것을 옆에서 지켜보지 않았는가. 그런 차에 믿었던 동료의 배신까지 이어졌으니.

"일단 시간은 벌었습니다. 그러니 그동안 우리는 전열을 재정비하고 역전을 할 기회를 노려야 합니다."

"그렇겠지."

석대룡은 사자군 전체에 명령을 내렸다.

기련산으로 가는 걸음에 더욱 속도를 박차라고.

그리고 보름이 지났을 때.
드디어 저 멀리 기련산이 보이기 시작했다.

＊　　＊　　＊

"은영산도…… 그리되었나?"
진성황은 길게 한숨을 흘렸다. 비껴갔던 세월 중 십 년 정도는 찾아온 듯하다.
혹시나 하면서 믿었던 마지막 패가 날아갔다.
지금 그에게 당도한 서찰은 은영산의 마지막 보고서.
고황이 몰락하고 난 후에 겨우겨우 숨어 있던 나머지 하나까지 색출을 당하고 말았다. 천리비영이 그만큼 오랫동안 예의 주시를 하고 있었단 뜻이리라.
그는 뒤로 돌아서 휘장으로 가려져 얼굴을 알아볼 수 없는 사내를 보며 중얼거렸다.
"결국 자네의 말대로 되었구만, 학적."
"……."
대답은 들리지 않았다.

第七章

기련산

기련산은 단순한 산이 아니다. 산맥이다. 장액에서 시작된 길이는 청해성을 넘어서서 수천 리나 되며, 이것은 다시 여러 산맥으로 갈라진다.

남쪽으로는 아미산맥을, 서쪽으로는 곤륜산맥, 북쪽으로는 천산산맥에 닿아 있으며, 산맥의 마디마디는 마치 손가락을 세운 것 같은 봉우리들이 구름을 뚫고 하늘을 떠받친다. 그 끝에는 만년설이 내려앉아 마치 별세계를 보는 듯하다.

병풍처럼 깎아지른 벼랑은 다른 벼랑과 같이 아주 협소한 계곡을 만들어 내고, 나무와 풀이 적어 스산한 느낌을 자랑한다.

이러한 계곡이 북쪽으로 쭉 이어지면 중원과 서역을 연결하던 옛 비단길의 중심이었던 거대한 회랑이 나타나니, 이곳이 바로 하서회랑이다.

하서회랑이 오늘따라 북적거린다.

하늘을 찌를 듯이 높게 선 깃발들.

무신련을 상징하는 깃발은 다른 어느 때보다 위풍당당하게 서서 새로운 객들을 맞이한다.

창붕군과 현무군만 있는 곳에, 드디어 사자군이 나타났다.

"련주!"

"련주가 돌아왔다!"

군영을 쳐 놓고 목을 빼놓을 정도로 사자군을 기다리고 있던 이들은 다들 하나같이 반색했다.

오랜 이동으로 심신이 지쳤던 조철산의 얼굴에도 드디어 웃음꽃이 폈다. 그는 짓궂게 유화를 돌아봤다.

"드디어 오셨구만."

"네."

유화가 푹 고개를 끄덕인다. 눈가엔 기쁨의 눈물이 살짝 맺혔다.

고황의 배반 이후. 유화는 한동안 말이 없었다. 그만큼 그녀가 받은 상처는 컸다. 아무리 마음을 굳게 먹었다지만 여전히 그녀는 여렸고, 기댈 곳이 필요했다.

방소소와 천리비영이 도와주려 했지만 쉽지 않았다. 방소소 역시 심신이 너무 지친 데다가, 천리비영은 그동안 태중에 아이가 있으면서도 너무 무리하게 움직인 까닭에 조심할 필요가 있었다.

　그래서 창붕군을 지휘하던 조철산이 대신해서 련을 지휘하다시피 했다.

　그 역시 무성에게 하고 싶은 말이 많은 듯, 사자군을 보는 내내 눈길이 떨어지질 않았다. 원래 웃음기가 많던 그도 근래 들어서는 웃음이 부쩍 줄어든 상태였다.

　기다리는 것은 기왕부도 마찬가지.

　오랜 고초와 여정으로 지친 기왕은 모처럼 간만에 눈빛에 힘을 주었고, 주설현은 하던 일을 멈추고 버선발로 뛰쳐나왔다.

　그사이 사자군은 창붕군과 현무군이 미리 마련해 둔 장소에다 둔영을 쳤다.

　곧 무성과 석대룡이 얼굴을 비쳤다. 다른 귀병들을 대동한 채로.

　"성아!"

　가장 먼저 그들을 맞은 것은 유화였다. 유화는 먼 거리를 달려가 그대로 무성에게 와락 안겼다.

　"유화."

　"성아…… 보고 싶었어."

다른 사람들의 눈초리 따윈 신경 쓰지 않는지 무성에게 가득 안겨 눈물을 흘린다.

무성은 평소 버릇대로 그녀의 등을 두들기면서 달랬다. 어렸을 때부터 친구로 지냈던 유화는 눈물이 많아서 그럴 때면 그가 이렇게 달래 주곤 했다.

"괜찮아. 괜찮아. 이제 전부 끝났으니까."

지금도 이해한다.

원래 심약한 그녀가 그렇게 큰일들을 겪었으니.

한편으로는 그녀를 이런 세상으로 데려온 것이 너무나 미안했다.

'다시 동정호로 보내야 하는 걸까?'

유화가 가진 재주를 생각하면 아까운 일이지만, 더 이상 이렇게 가녀린 어깨에다 짐을 맡기는 것도 무리이지 않을까. 원래 그녀는 금을 타고 노래하는 것을 좋아하던 평범한 아녀자에 지나지 않았었는데.

어느 정도 눈물이 잦아든 후에야 무성은 한숨을 돌릴 수 있었다.

그러다 뒤늦게 이상하게 등골이 따갑고 시리다는 것을 깨달았다.

'어?'

식은땀이 저절로 흐른다.

무성은 주변을 슬쩍 둘러봤다.

뒤에선 남소유가, 옆에선 주설현이 그를 노려보는 중이었다. 남소유는 다른 어느 때보다 쌀쌀맞은 얼굴이 되어서, 주설현은 무표정한 얼굴로.

'그러고 보니……!'

이들 세 사람이 한자리에 모인 건 처음이었나?

스스로 잘못한 것이 없다고 여기면서도 이대론 위험하겠다는 위기감이 바짝 든다. 이건 적과 마주했을 때와 비슷한 느낌이었다.

"저, 저기, 유화?"

"으응?"

"보는 눈도 많으니……."

"아!"

유화는 그제야 자신의 실수를 깨닫고 무성의 품에서 얼굴을 뗐다.

사람들이 이곳을 보면서 흐뭇하게 웃는다. 재상과 련주의 사랑. 련의 무사로서 어찌 반갑지 않을 수 있을까.

유화의 얼굴이 살짝 달아올랐다. 그녀는 사람들의 시선을 일부러 피하면서 원래 있던 곳으로 후다닥 돌아가 버렸다.

"하하하하핫! 우리 유 재상이 부끄러움이 아주 많으신가 보구만."

석대룡은 간만에 웃음기를 되찾고 폭소를 터뜨렸다.

무성이 난감하다는 듯이 검지로 볼을 긁적인다. 석대룡은 무성의 어깨를 탁 하고 짚었다.

"우리 귀여운 유 재상의 속은 그만 썩이고, 이참에 자리를 잡는 게 어떻겠나? 사실 자네나 유 재상이나 너무 아까운 선남선녀가 아닌가 말일세. 그러다가 저렇게 어여쁜 재녀를 놓치면 어쩌려고 그러나?"

무성은 볼을 긁적이기만 할 뿐 아무런 말도 하지 못한다.

석대룡은 이참에 두 사람을 제대로 밀어줄 심산이었다. 그가 봤을 땐, 쑥맥에 가까운 두 사람을 이대로 방관했다가는 죽도 밥도 안 될 것 같았다. 살짝 가라앉은 련의 분위기를 환기시키는 데 혼사만큼 좋은 것도 없다.

"너무 그렇게 내빼지는 말고 좋게 생각을 해……! 흡!"

석대룡은 말을 하다 말고 등골을 쭈뼛 세웠다. 북풍한설이 등을 강타하고 있었다.

남소유가 그의 옆으로 스쳐 지나간다.

"사람들이 기다리고 있어요."

"예? 아, 예!"

무성은 자기도 모르게 남소유에게 끌려 군영으로 걸어 들어갔다.

석대룡은 졸지에 무성을 빼앗기고도 한참 동안 얼음장처럼 굳었다. 식은땀이 이마를 따라 흐른다. 그러고 보니 남소유란 존재를 잊고 있었다.

무성과 남소유의 뒤를 따라 귀병들이 들어가고, 마지막에 간독이 남아 그의 어깨를 짚으며 고개를 절레절레 흔들었다.

"거기서 그렇게 불을 지피시면 어쩝니까?"

"시, 실수였네……."

간독이 히죽 웃는다.

"찍히셨습니다."

"마, 만회할 방도는 없겠는가?"

"없지 않을까요?"

석대룡의 얼굴이 울상이 되었다.

무성은 군영을 돌며 창붕군과 현무군을 독려했다.

그들은 련주가 무사히 돌아오고, 홀로 눈엣가시였던 낭천막을 해체시키고 의천맹을 굴복시켰단 소식에 다 같이 환호성을 터뜨렸다.

순회가 끝난 뒤, 수뇌가 회동을 가졌다.

무성, 홍운재 장로, 귀병가, 재상부.

그들은 기련산의 만년설이 보이는 곳에 자리를 마련했다.

모두의 안색은 그리 밝지만은 않다. 한숨을 돌렸다고 해도 고황의 일은 여전히 그들에게 짐으로 다가와 웃을 여유를 만들어 주지 않았다.

"다들 그동안 노고가 많으셨습니다. 먼 길을 오느라, 여러 가지 일들을 겪느라."

그들 사이로 침묵이 흐른다.

무성이 말을 잇는다.

"하지만 모두들 아시다시피 앞으로 해야 할 일이 더 산더미처럼 남았습니다. 첫째는 련이 여독을 풀고 쉴 수 있는 장소가 필요한 것이고, 둘째는 벌어 놓은 시간을 효율적으로 쓸 수 있는 방안입니다."

"우선은…… 첫째가 중요하겠군."

조철산이 무겁게 입을 연다. 무성을 만나고도 그에게선 여전히 평상시의 웃음기를 찾아볼 수 없었다.

"예."

"위치는 아는가?"

그들의 목적지는 정확히 기련산이 아니다. 기련산 어느 곳엔가 있다고 알려진 별천지다.

무신련도 지난 삼십여 년 동안 찾고자 애썼지만 도저히 찾을 수가 없었던 곳. 마치 무릉도원처럼 인세에 절대 공개가 된 적이 없는 곳.

야별성의 성지이자, 대라종의 시원(始原).

밀천.

"대강이라면."

조철산의 안색이 어두워진다.

"그 정도로는 턱도 없다는 것을 련주도 알지 않은가?"

대략적인 위치라면 무신련도 이미 어느 정도는 알고 있다. 문제는 그 정도로도 힘들다는 것이지만.

하지만 무성에게는 이들에게 말하지 않은 것이 있다. 바로 자신에게 천마가 깃들었다는 것. 다만, 문제라면 그 천마가 얼마 전부터 말이 없다. 말을 걸어도 대답 없이 조용하다. 마치 긴 잠에 든 것처럼.

처음에는 다른 육신으로 갈아탄 건가 싶었지만, 그런 것은 아니었다. 의식을 집중해 보면 천마를 느낄 수 있었다. 녀석은 심연, 아주 깊숙한 곳에 있었다.

눈을 시퍼렇게 뜬 채로.

마치 무언가를 노려보듯.

그리고 무성을 똑똑히 노려보고 있었다.

절대 잠든 것이 아니다. 그저 말없이 지켜보고 있을 뿐이다.

무성은 그것을 녀석의 '시험'이라 받아들였다.

외부의 어느 누구도 발을 허락하지 못했던 처녀지를 발견해 보라는 뜻. 그래야 네가 원하는 것을 얻을 수 있을 거라는 듯이.

무성은 그 시험을 받아들였다.

'얼마든지 깨 주지.'

『……』

당연히 대답은 없었다.

"물론 그것은 련이 조사한 것만이 있을 때의 이야기지요."

"음? 다른 단서가 또 있는가?"

무성은 유화에게 눈치를 주었다.

유화는 고개를 끄덕이더니 방소소와 함께 탁상에다가 전도를 활짝 펼쳤다. 하서회랑을 중심으로 한 기련산의 지도다.

그녀는 표시된 부근을 손으로 가리키며 무성을 대신해 설명을 시작했다.

"이것은 지난 세월 황실에서 야별성의 전신인 대라종을 뒤쫓으면서 그린 지도입니다. 그리고 이것은 기왕부에서 별도로 조사한, 비단길을 이용하는 상인들의 이동로지요."

유화는 새로운 지도를 하나 위에 더 겹쳤다.

"이곳에 표시한 것은 이 두 가지가 공통적으로 지나가거나 겹치는 곳이며, 여기다 련의 내용까지 더한다면…… 이렇게 됩니다."

방소소가 또 다른 지도를 꺼내 위에 겹친다.

그러자 드러나는 곳은 모두 세 개.

옥문, 주천, 배산.

장로들의 눈동자가 빛을 발한다.

"하면 이중에……?"

무성이 대신 고개를 끄덕이며 대답한다.

"예. 밀천이 있을 겁니다. 그러니 지금부터 수색을 시작해야지요. 석 군주께서는 옥문을 맡아 주십시오. 샅샅이 수색하실 필요는 없습니다. 그저 주로 유목민이나 상인들의 이동 경로를 살펴 주시면 됩니다."

"알겠네."

석대룡이 고개를 끄덕인다.

"주천은 간독이 맡아 줘."

"또 귀찮은 일을 떠맡는구만. 알았다."

간독은 투덜거리면서 고개를 끄덕였다.

"배산은…… 조 장로님께서 맡아주십시오."

조철산은 말없이 고개를 끄덕인다. 여전히 그의 안색은 좋지 않았다.

"그럼 매일 밤이면 이곳 군영으로 돌아와 하루 일과를 보고하는 것으로 마치겠습니다. 아직 식량은 아껴 먹으면 보름치는 될 것이니 걱정하지 않으셔도 됩니다."

그렇게 자리를 파한다.

수뇌는 잔뜩 긴장했다. 한고비를 넘겼으나, 이제는 새로운 고비가 그들을 맞이하고 있었다.

＊　　＊　　＊

"잠시 이야기를 나눠도 되겠나, 련주?"

화동을 파하고 자리를 뜨기 전, 조철산이 따로 무성에게 대화를 청했다. 무성은 눈빛으로 다른 사람들에게 나가 보라는 의사를 보내고 조철산을 봤다.

"예. 말씀하시지요."

"이제 고황을 어찌할 참인가?"

조철산은 어딘가 많이 노심초사해하는 눈빛이었다.

"많이 수척해 보이시더니 역시나 그 일 때문입니까?"

"그냥 넘어갈 수는…… 없지 않은가?"

"그렇지요."

고황과 같이 홍운재를 이끌어 왔던 그이기에 더욱 각별히 교분을 텄을지도 모르는 일이다. 아니, 어쩌면 다른 사람들도 말을 하지 않고 있어서 그렇지 다들 속으로 피눈물을 흘리고 있을지도.

"아직 그에 대한 판결은 생각지 않았습니다."

"그럼……!"

"그러나 사사로운 감정은 담지 않을 겁니다."

"……."

"사부님이 어째서 돌아가셨는지, 련이 어쩌다 지금과 같은 모습을 겪어야 했는지를 떠올려 보십시오."

조철산은 무언가를 말하고 싶은 눈치였으나, 결국 한숨을 내쉬며 고개를 떨어뜨렸다.

"결국 그런 것이겠지. 하면 하나만 부탁해도 되겠나?"

"무엇입니까?"

고개를 다시 들었을 때, 조철산의 눈빛은 슬픔이 가시고 단단한 무언가만 남아 있었다.

"그 친구를 벨 것이라면 내 손으로 벨 수 있게 해 주게."

무성은 무거운 얼굴을 한 조철산과 함께 대막사를 빠져나왔다.

밖에는 남소유와 구법승이 기다리고 있었다.

간독과 다른 사람들은 여독을 풀 새도 없이 각자가 맡은 임무를 간 것인지, 이미 군영 내에 보이지 않았다.

두 사람과 시선을 나눈 무성은 어디론가로 바삐 걸음을 옮겼다.

바로 고황이 갇혀 있는 곳이었다.

철창을 세워 만든 임시 감옥에는 때마침 천리비영이 고황과 이야기를 나누는 중이었다.

하지만 천리비영만 무슨 이야기를 계속할 뿐, 고황은 입을 꾹 다문 채 아무 말도 하지 않았다.

가부좌를 틀며 눈을 지그시 감고 있는 모습은, 마치 명상이라도 하는 듯 보였다. 하지만 봉두난발로 헝클어진 머리와 수척해진 모습은 죄인의 꼴, 그대로였다.

천리비영은 무성 등을 보고 이야기를 그치고 일어나 고개를 숙였다.

"이렇게 움직이고 다니셔도 되는 겁니까?"

천리비영은 쓰게 웃었다.

"련주는 두렵지 않은가요?"

"무엇이 말입니까?"

"저는 초대 련주의 씨를 품고 있습니다. 이 아이가 만약 아들이라면 추후에 분란의 소지가 생길 수도 있을 텐데요."

"괜찮습니다."

무성은 망설임 없이 대답했다.

"그 아이는 제 제자가 될 테니까요."

"역시나…… 련주는 큰 사람이군요."

말과 다르게 사실 속으로 태중의 아이를 걱정했던 사람은 천리비영이었을지도 모른다.

어떤 조직에 있어 승계 문제는 어딜 가나 말썽의 소지를 품고 있으니.

한편으로는, 전 남편과의 사이에서도 낳지 못했던 이 소중한 아이가 아무런 걱정 없이 살길 바라는 마음도 컸다.

그래서 지금과 같은 일들이 하루라도 빨리 끝났으면 하는
바람이었다.

"사실 처음 아이가 생긴 걸 알았을 때…… 저는 고 당주께
아이의 대부(代父)를 부탁드리려 했어요."

무성은 그 이유를 알 것 같았다.

"사부님은 모순적인 분이셨으니까요."

"예. 피붙이를 사랑하는 마음이 크기에 기뻐할 거란 걸 알고
있었지만, 그래도 그분은 한 아이의 아버지가 되기엔 너무나 크
신 분이셨으니까요. 하지만 고 당주는 이 아이를 누구보다 바
른길로 이끌어 줄 거라 믿었어요."

고황은 다른 어느 누구보다 련 내에서 많은 존경과 지지를
받아 왔다. 만약 그가 대호궁과 거룡궁 간의 후계 다툼이 한창
치열였을 무렵에 한쪽을 지지했더라면 이야기가 어떤 방향으로
흘렀을지 모르는 일이다.

무성은 씁쓸하게 웃었다. 여전히 눈을 감고 있는 고황을 슬
쩍 훔쳐보며 묻는다.

"고 당주와 나눴던 이야기가 이것이었습니까?"

"예."

한 아이의 대부가 될 정도로 신의를 얻던 사람이 어찌 이런
길을 걸은 것이냐. 아마도 그런 물음이었겠지.

"하지만 련주께서 오실 때까지는 한마디도 하지 않겠다고 하더니 줄곧 식음도 전폐하고 저렇게 있습니다."

무성은 천리비영을 지나 고황 앞에 섰다.

그러자 거짓말처럼 고황이 눈을 떴다. 담담한 눈길이 무성에게 향한다. 살짝 입꼬리가 올라간다.

반면에 무성의 얼굴은 굳어진다.

"오셨는가?"

"예."

"오래 기다렸네."

"그렇습니까?"

"갈 때 가더라도 련주의 얼굴은 보고 가야 하지 않겠는가?"

"많은 사람들이 죽거나 다쳤습니다."

"알고 있네."

"정말 알고 계시는 게 맞습니까?"

무성의 눈가에 분노가 깃들기 시작한다.

그런데도 고황은 담담하게 고개를 끄덕인다.

"누구보다 잘 알고 있네. 하지만 이것이 내가 택한 길이었고, 품은 뜻이었네. 달리 무슨 말이 필요하겠는가? 달리 안타까운 점이 있다면 아주 잠깐이나마……."

고황의 시선이 조철산과 천리비영을 훑는다.

"그대들과 지냈던 시간이 진심으로 즐거웠다는 것뿐."

"……!"

"……!"

"하지만 이제는 전부 끝난 이야기 아니겠나?"

고황이 씁쓸하게 웃으며 말한다.

"비영, 나에게 아이의 대부를 맡긴다고 그랬나?"

천리비영은 입을 꾹 다문다.

"그럼 잘못 생각한 거야. 맡기려면 내가 아니라 옆에 있는 놈에게 맡겨야지. 나는 예나 지금이나 내 앞길도 제대로 분간하지 못하는 놈인데. 그 아이까지 나처럼 재미없는 아이로 만들 셈인가?"

"……."

고황은 조철산 쪽을 봤다.

"자네는 또 표정이 왜 그래? 적을 죽일 때도 웃고 있어서 어디 미친 게 아닌가 싶을 정도였던 사람이."

조철산이 말한다.

"자네가 밉네."

"알아. 하지만 어쩌겠나?"

고황은 누군갈 찾아 주변을 둘러봤다.

"석가 놈은 보이질 않는군."

"자네가 보기 싫다며 가 버렸어."

"허허허허. 그 녀석에게는 하고 싶은 말이 잔뜩 있었는데. 내가 잔소리를 할 줄 알고 자리를 내빼고 말았구만. 하여간 평소에는 곰 같다가도 이런 데는 눈치가 귀신이야, 귀신."

"내가 전해 주겠네."

"그냥 한마디만 전해 주게. 못난 사람이라고."

고황은 정리를 하는 듯했다. 자신과 무신련, 지난 삼십여 년 동안 쌓았던 모든 정리(情理)를. 어떤 심문을 가해도 눈 하나 깜빡하지 않던 그였지만, 너희들과 보냈던 시간은 진짜였다고 말한다.

무성이 물었다.

"당신이 보던 하늘은 무엇이었습니까?"

"옛 소림."

지체 없는 대답에 남소유가 눈물을 흘리며 나섰다.

"어째서! 어째선가요! 어째서!"

"내 오래전 벗의 아이야, 그때부터 소림은 너무나 망가져 있었단다. 그로 인해 내가 나왔고, 네가 나왔으며, 저 아이가 나왔지."

고황은 일행 뒤에 있는 구법승을 봤다. 구법승은 뒤에서 눈을 지그시 감은 채 조용히 '아미타불, 아미타불' 불호만 외워 댔다.

"어디로도 가지 못해 방황하는 사람들이 나타난 거다."

"하지만……!"

"난 그것을 바로잡고 싶었다. 하지만 이 길이 잘못되었다는 것을 알았을 때는 이미 한참이나 벗어난 뒤였고 돌아갈 방도 따윈 없었다."

"그럼 거기서 멈췄으면 됐잖아요!"

"아니. 그러기엔 너무 먼 길을 온 뒤였다. 그리고 머리로는 알고 있지만 가슴은 그러질 못했다. 지난 삼십여 년 동안 걸어왔던 길이 잘못되었다고 인정하는 순간, 내가 믿었던 신념이며 하늘을 전부 부정하는 셈이 되니까. 나의 삶을 부정하는 것이 두려웠단다."

고황은 씁쓸함에 잠긴다.

"그렇게 잘못된 길을 차마 볼 수가 없어 고민에 쌓여 있던 때에 널 보게 된 것이란다."

남소유를 바라보는 눈빛에 애정이 담긴다.

"비뚤어진 소림으로부터 버림을 받아도 정면으로 부딪치려는 아이. 나처럼 도망치는 것이 아니라 그것을 피하지 않는 널 보면서 이거다 싶었지. 하늘이 드디어 날 도와준다 싶었다. 그리고…… 그 선택은 틀리지 않았던 모양이로구나."

고황은, 유지를 남소유에게 넘겼다.

"그러니 날 대신해 네가 하늘을 바로 세워다오."

남소유는 끝내 고개를 떨어뜨리고 말았다.

잠시 침묵이 흐른 뒤, 무성이 묻는다.

"대영반에 대해서 묻는다고 한들, 당주는 말씀을 해 주시지 않으시겠지요?"

"당연한 소리를. 다만, 한 가지는 말해 줌세."

고황이 입꼬리를 말아 올린다.

"젊은 시절의 대영반은, 자네와 무척이나 닮았었다네."

"……."

무성은 입을 꾹 다물며 자리를 벗어났다. 조철산과 눈이 마주친다. 할 수 있겠냐는 눈빛에, 조철산은 묵묵히 고개를 끄덕이는 것으로 대답을 대신한다.

"……벗의 비참한 말로를, 다른 사람들에게 보여 주고 싶지 않네."

결국 무성 등은 자리를 떠야 했다.

그리고 잠시 후.

멀리서 한참의 대화와 웃음소리가 이어지나 싶더니,

퍽!

하늘에서 별이 마침내 떨어지고 말았다.

＊　　　＊　　　＊

무성은 울고 있는 남소유의 옆을 지켜 줬다.

달이 지고, 해가 떴다.

밤이 새도록 둘은 아무 말도 하지 않았다.

아니, 못 했다.

*   *   *

고황의 일로 시끄러웠다지만, 여전히 무성에게는 처리해야 할 숙제가 산더미처럼 남아 있었다.

실신한 남소유를 의원에게 맡기고 난 뒤에 곧장 기왕부 군영 쪽으로 향했다.

그동안 기왕부는 서쪽으로 이동하는 내내 상당수의 이탈자들이 생겨 옛날과 비교했을 때 그 규모가 사분지 일 정도로 확 줄어든 상태였다. 하지만 그래도 한때 북방을 떨쳐 울렸던 역전의 용사라는 것을 과시하듯, 그들의 눈매는 다른 어느 때보다 날이 시퍼렇게 살아 있었다.

무성은 그들을 지나 기왕을 배알했다.

"신 진무성이……."

"되었네."

예를 갖추려는데, 기왕이 직접 그를 막았다.

"하오나."

"왕이었으나, 이젠 왕이 아니게 된 몸이 아닌가. 그냥 편하게 계시게. 그리고 자네에게 군신의 예를 받으려니 내가 불편해질 지경이야. 그러니 그냥 앉으시게."

어쩔 수 없이 무성은 기왕이 내준 자리에 엉덩이를 걸쳤다.

"원래대로라면 어제 찾아왔어야 했지만……."

"이미 들어 알고 있네. 자네도 큰일을 겪었다지?"

기왕의 입가에 씁쓸한 미소가 걸린다.

"자네나 나나 상처만 가득 안는군."

기왕은 상당히 노곤한 얼굴이었다. 팔걸이에 팔을 얹어 턱을 괸다. 축 가라앉은 어깨는 무당산에서 봤을 때보다 더 무거워 보인다. 남들의 눈에는 가진 모든 것을 잃고 확 늙어 버린 추레한 몰골의 늙은이로만 비치리라.

하지만 무성의 눈에는 전혀 다르게 비쳐졌다.

허기진 맹수. 새로운 도약을 꿈꾸는 늙은 범이다.

"강하십니다, 여전히."

"정말 그래 보이나? 남들은 다들 이제 이빨 빠진 호랑이가 되었다면서 멸시하기 바쁜데 말이지."

그렇게 말을 하는 기왕의 입가에는 비릿한 냉소가 걸린다. 무성을 향한 것이 아니다. 세상을 향한 것이다.

"이빨이야 제가 다시 달아 드리면 되지 않습니까?"

"어떻게 말인가?"

"일단 저들의 손발을 잘라야지요."

기왕의 눈이 살짝 빛난다.

"동창을 노릴 생각이라고 들었네만."

"예."

"그러려면 필요한 것이 있을 터인데? 무엇을 준다고 하였는가?"

"전하의 목을 내준다 하였습니다."

그 순간, 주설현이 벌떡 자리에서 일어났다.

"그게 무슨 소린가요, 련주!"

다른 호위무장들 역시 당장에 무성의 목을 치려는 듯 검병 쪽으로 손을 가져간다. 뽑지 않은 것은 여기서 난동을 부려 봤자 무성의 손끝 하나 건드리지 못한다는 것을 잘 알기 때문이다.

하지만 그런 사실을 잘 알면서도 살의를 잔뜩 드러낸다. 여차하면 검을 뽑아 버리겠다는 태도로. 그만큼 기왕에 대한 그들의 충성심은 대단했다.

"역시 그랬군."

하지만 기왕은 놀라지 않았다.

"그 정도 미끼가 아니라면 넘어오지 않을 리가 없지. 해서? 어찌할 텐가. 진짜 내 목이 필요하신가?"

기왕은 자신의 목을 훤히 앞으로 내보였다. 원한다면 얼마든지 내주겠다는 태도. 단, 조건으로 자신의 딸만큼은 지켜 달란 눈빛을 보낸다.

"필요하다면 필요하지요."

주설현을 비롯한 호위무장들의 눈동자가 다시금 살벌한 기세를 띠었다.

유일하게 기왕만 피식 웃었다.

"하지만 꼭 필요하지만은 않다는 뜻이로군."

"대용품을 만들 생각입니다."

"어떻게?"

*　　　*　　　*

"흐응. 이것이 기왕과 벽해공주의 머리란 말인가요?"

자항은 독사가 갖다 바친 함을 수하로 하여금 뚜껑을 열게 하고는, 그 내용물을 보고 코웃음을 쳤다.

"이래서야 알아볼 수가 없군요."

안에는 분명 죽은 중년인과 젊은 처자의 머리가 담겨 있었다. 하지만 둘 다 눈덩이가 살짝 무너지거나 콧대가 날아가는 등 조금씩 눌린 자국이 있어 얼추 신분을 짐작하기가 힘들었다. 거기다 소금과 얼음을 제대로 치지 않았는지 지독한 썩은 내도 났다.

자항의 말대로 이걸 두고 기왕과 주설현이라고 한들, 누가 믿을 수 있을 것인가. 하지만 독사는 태연했다.

"부득이하게 머리를 잘라 이곳으로 오는 동안 의천맹으로 인해 시간이 제법 소요되어 이런 일이 벌어지고 말았습니다. 또한, 이것을……."

"이건 또 무엇인가요?"

"영생주의 씨앗이라 하셨습니다."

"호오?"

심드렁했던 자항의 눈가에 처음으로 흥미가 돈다. 그는 독사가 건넨 서찰을 빼앗듯이 낚아챘다. 내용물을 읽어 내려갈수록 자항의 얼굴에도 자꾸만 웃음기가 번진다.

"그렇군. 그렇단 말이지? 홍홍홍홍."

자항은 서찰을 내리며 피식 웃는다.

"참으로 간사한 자가 아닌가. 부분만 이렇게 잘라 보내다니. 이 태감을 완전히 믿지 못한단 뜻이 아닌가요? 하긴 이 태감도 똑같은데 어쩌겠어요. 홍홍홍홍. 이 바닥이 다 그런 것을. 무신련주가 정치를 한다면 아주 잘할 것 같다는 생각이 들어요. 홍홍홍."

자항은 여유를 안다. 서로가 서로를 속이면서도 필요에 의해 이용하는 관계. 딱 그런 관계는 도리어 맹목적으로 충성을 바치는 놈들보다 낫다.

자항은 손짓을 해서 머리통을 담은 함의 뚜껑을 닫게 했다.

철컥!

받아들이겠다는 의미다. 누가 봐도 가짜가 분명한 이것을.

"시간이 걸렸다면 어쩔 수 없지요. 중원은 아주 넓고 사고도 빈번하게 벌어지니까요. 홍홍홍홍."

*　　*　　*

기왕은 어이가 없다는 표정이 되었다.

"그러니까 자항으로 하여금 나와 벽해, 둘의 가짜 머리를 바쳤다 이 말인가?"

"그렇습니다."

"자항은 간사한 자일세. 그것을 과연 속을까?"

"속지 않겠지요. 하지만 속는 척을 할 것입니다."

"속는 척을 한다?"

"자항이 필요한 것은 두 가지입니다."

무성은 손가락 두 개를 꼽았다.

"하나는 이번 련의 토벌에 대한 실패를 대영반에게 물어 그의 입지를 줄어들게 만드는 것이고, 다른 하나는 불로불사의 꿈을 손에 넣는 것입니다."

"전자는 이미 련이 이곳에 도착한 순간 정해진 수순이지. 황룡각을 이루던 기둥 중 두세 개가 날아가 버렸으니 황상께서도 진노를 하실 터이고. 그런데 거기서 자항이 내 머리랍시고 뭔가를 챙기고 자네의 항복 서한까지 갖고 간다면 위치가 하루아침에 달라져 버리겠지."

"거기다 연 내에 제가 입조(入朝)를 하겠노라 밝혔습니다."

"그럼 더 확실해지는군."

무성이 직접 황도에 입성한다? 그 말 한마디로 황실에서도 기왕의 머리를 의심하지 않을 것이다. 감히 가짜를 바치고도 배짱 두둑하게 모습을 드러내리라 생각지는 않을 테니까.

주설현은 무성이 어째서 그런 위험한 선택을 한다는 것인지 걱정되는 얼굴이었지만, 무성과 기왕은 전혀 개의치 않는 표정이었다.

'설마······?'

거기서 무언가가 있다는 생각이 강하게 들었다.

보는 눈이 많아 아무런 대화도 나누지 않았지만, 무언가 보이지 않는 대화가 오고 갔다.

입조.

직접 신하로서 굴종의 예를 갖추고 조정에 모습을 드러내겠다는 의미다. 거기에 어떤 포석을 깔고 있다면?

확실히 기왕의 머리 회전은 빨랐다. 하지만 그도 이해가 가지 않는 점이 있었다.

"하지만 후자는 대체 무엇인가? 그런 허무맹랑한 것을 믿는단 말인가?"

"그것이 이번 전쟁을 일으킨 이유입니다."

"음?"

"천마혼이란 것이 있습니다. 과거 천마란 존재가 있어 천 년을 넘게 생을 이어 왔지요. 황실은 오래전부터 그 사실을 알고 야별성을 탄압하며 비밀을 빼앗으려 해 왔습니다."

"그, 그런 것이 정말 있단 말인가?"

기왕의 얼굴이 도저히 믿기지 않는다는 표정이 된다.

하지만 무성은 무겁게 고개를 끄덕였다.

"예. 지금은 제가 그것을 품고 있습니다."

무성은 기왕부의 막사를 빠져나왔다. 그 뒤로 주설현도 따라 나왔다. 두 사람은 나란히 걷기 시작했다.

"아버지께서 다시 의욕을 불태우기 시작하셨어요."

"이제부터 시작일 뿐이오."

"하지만 시작이 반이란 말도 있지요."

주설현이 빙긋 웃는다. 무성 역시 담담하게 웃었다.

"이제 벽해에서 다시 귀병으로 돌아가고 싶어요."

"뜻대로 하시오."

마주 보며 웃는 두 사람 사이엔 더 이상 대화가 없어도 따뜻한 바람이 불었다.

밀천을 찾기 위해 사방으로 흩어졌던 자들이 다시 돌아오기 시작했다.

"옥문은 아닐세."

석대룡은 먼지를 가득 뒤집어쓴 몰골로 그렇게 말했다. 고황에 대한 것을 잊으려는 듯, 그는 옥문 부근을 샅샅이 뒤졌다고 한다.

"그곳엔 아무것도 없네. 유목민들이 가득 있긴 하지만 전혀 모르는 눈치였고."

"숨기려는 것 같지는 않았습니까?"

"그렇지는 않았어. 만약 그랬다면 내 눈을 피할 수 있었겠나? 더구나 그곳은 녹주(綠洲, 오아시스)가 있어 잠시 여독을 푸는 쉼터는 될지언정, 대규모로 머물 수 있는 곳은 아니었다네."

"잘 알겠습니다."

"또다시 내가 가 볼 곳은 없겠는가?"

석대룡의 눈이 희번뜩거린다.

무성은 고개를 저었다.

"당분간은 쉬시면서 머리를 식히십시오."

"한시가 급하네. 그럴 겨를이 어디에 있겠는가?"

"없으면 만들어야지요. 석 군주께서 무엇을 우려하시는지 압니다. 고 당주님에 대한 죄책감을 조금이라도 덜기 위해서가 아닙니까?"

정곡을 찔린 석대룡은 움찔거리고 말았다. 고황으로 인해 입은 피해. 여태 그가 고생했던 것은, 그것을 대신해서 갚으려는 일환이었다.

"석 군주께서 다치시면 도리어 련에 피해로 다가옵니다. 잠시만 쉬십시오."

"……알겠네."

석대룡은 할 말이 많은 눈치였지만 끝내 말을 못하고 고개를 떨어뜨렸다.

간독은 돌아오자마자 욕지거리를 내뱉었다.

"개 같은! 이런 곳에서 대체 어떻게 산다는 거야? 정말 여기에 밀천인지 뭔지 하는 게 있는 거 맞아?"

"확실해."

"니미럴! 하여간 천마인지 뭔지 하는 놈이 사람을 개고생시키게나 만들고!"

"뭔가 있어?"

"없어!"

간독은 이를 잘근잘근 씹었다.

"정말 아무것도 없어. 이름대로 큰 녹주라도 있었나 싶었는데 이미 메마른 지 오래야. 비단길의 중심 거처로 이용됐던 것도 이미 끊어진 지 오래라더라고."

순간, 무성의 눈동자가 빛을 발했다.

"녹주가 메말라? 언제부터?"

"대략 백 년이 안 되었단다."

"그렇다는 건……?"

간독이 인상을 잔뜩 찡그린다.

"그래. 주변에 있는 다른 어디에선가 샘솟고 있단 뜻이겠지."

녹주는 절대 영원히 있지 않는다. 샘물이 솟다가도 메말라서 다른 곳에서 나타나기도 하는 등, 전혀 예측할 수 없는 곳에서 발생한다. 그래서 한때 녹주는 사막을 살아가는 유목민들에게 있어 하늘이 내려 주는 보물처럼 여겨졌다.

하지만 세월이 지나면 지혜가 쌓이듯, 녹주에 대한 비밀도 서서히 풀리면서 그것을 효율적으로 관리하는 방법도 터득하게 된다.

주천은 한때 하서회랑의 중심부이자 가욕관과 마찬가지로 비단길의 요충지로 통하던 곳. 과거 한무제 시절, 비단길을 정비하기 위해 곽거병이 출병했던 장소이기도 할 만큼 큰 규모를 자랑한다.

그런 곳의 녹주가 다른 곳으로 이동을 하게 됐다면?

"밀천이 있는 게 확실해졌어."

"그렇지 않아도 수맥을 따라가 보고 있으니 좋은 소식이 전해질 거다."

"계속 수고 부탁해."

"니미!"

간독이 다시 욕지거리를 내뱉었다.

조철산도 희소식을 들고 왔다.

"배산 주변으로 정기적으로 하산을 하는 사냥꾼 무리가 있다더군."

"사냥꾼이요?"

"그래. 하지만 단순한 사냥꾼들이라 보기 힘든 것이, 그들이 잡은 사냥감뿐만 아니라 약초와 같은 것들을 시장에다 내다 팔고 쌀과 같은 식량을 사 간다고 하더군. 그런데 그 양이 적질 않아."

"그들과 거래하는 상인들을 만나 볼 수 있겠습니까?"

조철산이 가볍게 웃었다.

"왜 안 되겠나?"

第八章

용권상회

무성은 조철산과 함께 군영을 빠져나왔다. 두 사람은 전혀 무인의 티가 나지 않도록 유목민들이 주로 하는 복장을 입고서 배산에 도착했다.

배산에 자리한 소도시는 은근히 규모가 컸다.

옛날에 비해 비단길이 많이 쇠퇴했다고는 하지만 여전히 서역과의 거래는 많은 이문을 남기는 터라, 많은 사람들로 북적거렸다.

수레를 끌고 다니는 낙타와 말 따위를 이끄는 작은 규모부터 시작해서 수십 명의 상인들이 합친 것 같은 큰 상단들, 길잡이를 자처하는 유목민들과 용병을 구하지 않느냐며 뛰어

다니는 무리들도 있고, 그들을 상대로 필요 물품을 파는 지역 장사꾼들도 있었다.

진열된 상품도 다양했다. 중원에서는 쉽게 구하지 못할 과일을 시작으로, 갖가지 비단이며 신기한 기구들이 가득 널렸고, 이국의 말이 적힌 서책도 더러 보였다.

하지만 눈살을 찌푸리게 만드는 것도 있었는데, 곤륜노(흑인)와 홍모귀(백인)를 갖다 놓고서 노예로 팔고 있었다.

조철산은 그것을 두고 곤륜노는 주로 남자가, 홍모귀는 여자가 팔린다고 했다. 곤륜노는 중원인보다 덩치가 크고 근육이 발달되어 있어 주로 노역에 쓰이며, 홍모귀는 피부가 하얗고 다리가 길어 성노예로 쓰인다는 것이다.

무성은 저들도 사람일진대, 어떻게 노예로 팔 수 있냐고 화를 냈지만, 비단 사람을 사고파는 것은 저들뿐만 아니라 중원에서도 흔히 볼 수 있는 일이라 씁쓸하기만 했다.

조철산이 안내한 곳은 여러 상점 중에서도 가장 큰 크기를 자랑하는 상점이었다.

서역에서 '터번'이라 부르는 천으로 얼굴을 감싼 사람들로 북적거리고 있어 쉽게 발을 디딜 틈이 없다.

여기서 어떻게 해야 하나 난감해하는 그때, 얼굴이 까무잡잡한 회족 소년이 부리나케 달려와 반갑게 인사했다. 하지만 분명 뭐라고 말은 하는데 알아듣기가 힘들었다.

조철산이 간단한 단어 몇 개와 함께 손짓을 해 보이자, 회족 소년은 고개를 크게 끄덕이더니 다시 왔던 곳으로 들어가 버렸다.

"뭐라고 말씀하신 겁니까?"

"이곳은 예부터 다양한 민족들이 많이 오고 가는 곳이라 통변(通辯, 통역)을 해 주는 사람이 있기 마련이네. 다행히 이미 일전에 말을 해 두고 갔으니 정보를 가진 사람이 올 걸세. 아, 마침 저기 오는군."

무성은 그쪽으로 시선을 돌렸다.

다른 사람들의 시선도 잠시간 그쪽으로 쏠린다. 몇몇 남정네들은 혀로 입술을 축이기도 했다.

붉은 머리칼에 푸른 눈. 걸을 때마다 길쭉한 다리가 보인다. 이국적인 느낌이 강하게 나는 홍모귀 여인이 이쪽으로 다가오고 있었다.

"사냥꾼들을 찾던 분들, 맞으신가요?"

홍모귀 여인은 겉으로 보이는 것과 다르게 중원어의 발음이 아주 능숙했다. 혀가 조금 구부러지는 점이 강했지만 서쪽 본토의 특성에 가까웠다.

"그렇소."

조철산이 딱딱하게 고개를 끄덕이자, 여인은 주변을 둘러보더니 물었다.

"여기에 앉아도 될까요?"

"그러시오."

"여기까지 오느라 목이 마른데."

"식사는 하시었소?"

"체중을 관리 중이에요."

"이런. 많이 드시는 게 체력 관리에도 좋으실 텐데."

"보기보다 운동할 겨를이 잘 없어서요."

조철산은 점소이를 시켜 마실 것을 내어 와 달라고 부탁을 했다.

무성은 가만히 옆에 앉아 여인을 관찰했다.

여인은 덥다면서 소매를 살짝 걷어 얼굴에다 손부채질을 하기도 하고, 몸을 앞으로 살짝 빼서 다리를 꼬기도 했다. 그럴 때면 땀을 살짝 머금은 천이 살갗에 착 달라붙어 유려한 각선미를 한껏 드러내 농염함을 자랑한다.

새치름한 입술로 말하는 모습이나 드문드문 몸을 꼬는 동작, 이따금 드러나는 매혹 어린 눈빛은 차라리 남자의 애간장을 태우기에 충분했다.

확실히 객잔 안은 조금 조용했다.

모든 남자들의 끈적끈적한 시선이 이쪽으로 향한다. 술을 마시는 사람들이나, 음식을 나르는 점소이나, 주방에서 일을 하고 있을 숙수도 슬쩍 고개를 내밀어 여인을 훔쳐본다.

욕망이다.

이곳 배산은 오래전부터 많은 유목민들이 오고 가던 곳.

거친 사막을 살아가는 유목민들에게 있어 여인은 강한 전사가 가질 수 있는 여러 전리품 중 하나다. 보물, 좋은 말, 좋은 칼과 같이 재산으로 분류된다.

거기다 저 머나먼 북서쪽의 아라사(러시아) 계통의 모습을 한 여인이라면 성노예로 부려지는 경우가 대부분이니, 아예 대놓고 입술을 축이는 자도 있을 정도였다.

자칫 혼자만 돌아다녀서는 위험할 수도 있을 상황이지만 그녀는 전혀 신경 쓰지 않는 눈치였다.

아주 당연하다는 듯이 받아들인다.

아니, 이건 익숙하다고 해야 할까?

'보통내기가 아니야.'

확실히 대단한 여자다.

그런 무성의 눈빛을 읽은 건지, 여인은 무성 쪽을 보며 살짝 웃었다.

보통 남자라면 심장이 두근거릴 웃음. 아니면 자신을 유혹하는 게 아닐까 하고 착각이 들 만한 모습이다.

하지만 무성은 팔짱을 낀 채로 덤덤하게 있었다.

순간, 여인의 눈가로 이채가 어렸지만, 곧 점소이가 마실 것을 가져오자 이야기가 재개되어 조철산 쪽으로 시선을 돌려야만 했다.

"그럼 이제 사냥꾼에 대해서 자세한 이야기를 부탁드려도 되겠소?"

여인이 어느 정도 목을 축였다 싶을 때쯤 되자, 조철산이 입을 열었다.

여인은 잔을 내려놓으며 입을 열었다.

"그 전에 결례가 되지 않는다면 그들을 왜 찾으려 하시는지를 여쭈어도 될까요?"

조철산의 표정이 살짝 굳는다.

"내가 원하는 건 정보지, 이쪽의 사정은 아닐 텐데?"

"아, 오해하지 마세요. 다만, 저희 역시 오랫동안 그들과 거래를 해 온 입장으로서, 오랜 거래처가 혹여 해코지를 당할 수 있으니 민감하게 굴 수밖에 없는 입장이라는 걸 알아주셨으면 해요."

"오랫동안 거래를 해 왔다?"

"저와 같은 자들이 이곳에서 한낱 노예 따위로 부려진다고는 하나, 저는 조금 달라요. 한 상단의 어엿한 행수이고, 그들과는 십 년 넘게 거래를 담당하고 있죠. 비록 횟수는 다섯 번밖에는 안 되지만."

여인은 흘러가는 투로 이쪽에다 정보를 주었다.

십 년. 다섯 번의 거래.

'이 년 내지 삼 년에 한 번 꼴로 내려와 거래를 한다는 건가?'

여인이 턱을 슬쩍 든다. 이 정도는 알려 줬으니 자기들도 어느 정도는 알아야 하지 않겠냐는 투다.

'말과 다르게 사냥꾼들에 대해서 보호를 하려고 그러는 게 아니야. 우리에 대해서 알아내려고 그러는 거지.'

확실히 자잘한 마적 떼와 유목민 부락, 여러 상단들이 중구난방으로 얽혀 있는 곳이니 아주 사소한 정보조차도 저들에게는 필수일 것이다.

조철산이 슬쩍 무성의 눈치를 본다. 무성이 고개를 끄덕인 후에야 입을 열었다.

이곳으로 오기 전에 이미 이야기해 둔 바가 있었다.

"우리는 녹주를 찾고 있소."

"녹주요?"

여인이 고개를 비스듬하게 갸웃거린다. 역시나 농염함이 묻어나는 동작이다.

"그렇소. 대규모 인원이 일 년 이상 머물 수 있는 아주 큰 녹주."

"인원이 얼마나 되는데요?"

"그건 말할 수 없소. 하지만 아주 많다는 것만 알아 두시오."

여인의 눈이 반짝거린다. 바보가 아닌 이상에야 말뜻을 모를 리 없다.

근래 사막 지대를 떠들썩하게 만든 사건.

무신련의 서진(西進).

"하지만 그대들이 찾는 사냥꾼의 규모는 다른 이들에 비해서는 많다고 할 수 있으나, 그들이 사는 곳이 그만한 인원을 수용할 정도는 못 될 텐데요?"

"사냥꾼의 인원이 얼마나 되오?"

"서른 명 남짓이에요."

"거래량은?"

"연 단위로 내려오다 보니 물량은 아주 많은 편이에요. 낙타, 말, 사슴, 늑대 따위의 가죽은 물론 그들이 만든 옷이며 마유주 같은 것도 거래가 되지요. 사실 물량 중 상당수가 동물 가죽이라 통칭해서 사냥꾼이라고 하는 것일 뿐이에요."

"그들이 그쪽 말고 다른 곳과도 거래를 하고 있을 가능성은?"

"배제할 수 없지요. 이곳 배산을 지나는 상단이 어디 한둘인가요? 그냥 길을 지나갈 뿐인 상행(商行)과 거래를 할 수도 있고, 어떤 유목민 부락과도 하고 있을 수도 있죠."

"저들이 이쪽에서 구매하는 건 보통 뭐가 있소?"

"글쎄요. 뭐 하나라고 콕 집어서 이야기하기는 어렵겠어요.

아주 다양하니까요."

"그래도 예를 든다면."

"아무래도 주로 식량이죠."

"양은?"

"역시나 많아요. 족히 수백 명분은 되니까."

조철산의 눈이 빛을 발한다.

하지만 여인은 아무것도 아니라는 듯이 손사래를 치며 기대를 깨 버린다.

"그래도 기대하실 정도는 아니에요. 그들이 이 년 내지 삼 년마다 내려온다는 걸 감안한다면, 대략 많이 잡아도 오십 명 내외의 소부락이 먹고 지낼 양밖에는 되지 않아요."

"그럴지도 모르지. 하면 구매하는 건 어찌 옮기오? 양이 꽤 많아 옮기는 것도 쉽지 않을 텐데."

"대부분 그들이 수레를 갖고 와 실어요."

"그대 쪽이 옮겨 주거나 하지는 않소?"

"저희는 보표까지는 취급하지 않아요."

"다른 표국을 이용할 가능성은?"

"그랬다면 저희가 알았겠죠? 이 주변에 있는 표국이란 표국은 저희가 다 얼굴을 꿰고 있으니. 하지만 단연코 아는 얼굴을 본 적은 없어요."

"그들이 어디 사는지는 아오?"

"모르죠."

그것까지 알아야 하냐는 투다.

확실히 십 년 넘게 쭉 거래를 터 오긴 한다지만, 생각보다 그 양이 많지 않다면 굳이 신경 쓸 이유가 없다.

"하면 방향은?"

"기련산 쪽이었어요."

"험난하군."

"기련산이 좀 많이 크긴 하지요."

조철산은 쓰게 웃었다. 그냥 큰 정도는 아니지 않나?

여인이 꼬았던 다리를 푼다.

"이만하면 되었나요?"

"좋은 거래였소."

"이 정도면 저희 상단의 아랫것들에게 물어도 충분한 것이었을 텐데요. 너무 아무것도 없는 정보라."

"아니오. 그것이면 충분하오."

"하면 제가 드린 정보를 사 주시겠어요?"

조철산이 무성을 쳐다본다. 무성이 품에서 전낭을 꺼내 탁상이 툭 하고 올려놓는다.

여인은 생각보다 묵직한 전낭에 눈을 반짝거리며 고운 손을 가져가 조심스레 열었다. 안에는 묵직한 금괴가 수북하게 쌓여 있었다.

"흐흥. 이깟 정보를 드린 것치고는 너무 과하신 것 같은데
요?"

유목민들 사이에 금은 중원에서보다 더 귀하다. 달리 화폐
가 없기 때문에 현물의 가치가 아주 강하고, 여러 곳에 쓰일
수가 있기 때문이다.

하지만 무성은 그와 같은 크기의 전낭을 네 개 더 꺼내 탁
상에다 얹었다.

여인의 눈이 탐욕으로 번뜩인다. 이만한 양이면 그녀가 상
단 내에서 일 년 동안 거래하는 양과 맞먹을 정도의 가치다.

하지만 한편으로는 주변에 보는 눈이 많아 탐탁지 않아 하
는 게 보였다.

어여쁜 홍모귀 여인이 많은 금을 소지했다?

이런 거친 곳에서는 표적이 되기 십상이다.

"이걸 전부 가져가는 길에 제가 위험해지겠는걸요?"

"그러지 않으리란 것쯤은 알고 있소."

"무슨 소린가요?"

"밖에서 대기하고 있는 사람들."

"……!"

여인의 눈동자가 흔들렸다. 도대체 어떻게 안 것이지? 하지
만 한편으로는 납득이 갔다. 무신련에서 온 사람들이라면 그
만한 고수일 테지.

한편으로는 여태 이야기를 나눴던 중년인이 아닌 이 청년이 결정권자란 것도 확실히 알았다.

"수고비와 함께 그대와 그대 상단에 대해 의뢰를 넣고 싶소."

"무슨 의뢰인가요?"

"이 근방은 물론 기련산 전체에 퍼진 그들 사냥꾼들에 대한 정보."

여인의 눈이 둥근 호선을 그린다.

"고작 그런 것으로 되겠어요? 말씀드렸듯이 그들이 아무리 생각보다 인원이 많은 마을을 구성하고 있다 해도 대규모 인원을 감당할 정도는 아닐 텐데요?"

"그건 그때 가서 생각도록 하지."

"알겠어요. 그럼."

여인은 전낭을 챙기고 살짝 고개를 숙이며 객잔을 벗어났다.

무성은 그런 여인의 뒷모습을 보다가 조철산에게 물었다.

"이 근방에 이처럼 비슷한 거래를 하는 상단들이 많은지 알아봐 주십시오."

"지금과 같은 거래를 하려는 생각이로군. 하지만 비밀리에 찾아야 하지 않겠는가? 저들이 정말 밀천이라면 우리가 나타났다는 것만으로도 최대한 대외 활동을 자제하려 들 텐데."

"아닙니다."

무성은 고개를 저었다.

"도리어 저들이 절 찾아올 겁니다."

"어째서?"

"제가 저들의 신을 데리고 있으니까요."

"스스로 미끼가 되겠다는 거로군."

무성은 말없이 웃었다.

*   *   *

전낭을 챙긴 홍모귀 여인은 객잔을 나와 저잣거리를 활보
했다. 그리고 그런 그녀의 뒤를 바짝 쫓는 자들이 있었다.

"일부러 보는 눈들이 많은 곳에서 거래를 했어. 역시나 듣
던 대로 꾀가 많구나. 무신련주."

덕분에 귀찮게 되었어, 여인은 작게 중얼거린다.

청년은 자신이 무신련주라는 것을 숨기지 않았다. 아니, 도
리어 드러냈다. 조철산과 같은 기백을 지닌 고수를 두고 결정
을 내릴 수 있는 청년이라면 단 한 명밖에 더 있겠는가.

이로써 여인은 무신련의 압박을 정면으로 받게 된 셈이었
다.

하지만 달리 이야기를 하자면 기회이기도 했다.

지금 감숙은 혼란의 소용돌이에 빠졌다.

삼십여 년 만에 밖으로 나왔던 공동파는 도리어 패퇴를 하면서 다시 잠잠해졌고, 대신에 무신련이 들어와 여러 세력들을 잔뜩 긴장하게 만든다. 유목민, 상단, 마적이고 뭐고 구분 없이 전부 무신련의 행동에 촉각을 곤두세우고 있다.

그런데 그들과 좋은 방향으로든 나쁜 방향으로든 처음으로 길을 뚫었으니 어떻게 받아들여야 할까.

그냥 좋아해야만 하는 걸까?

물론 그녀가 앞으로 받을 이익을 생각한다면 결코 작은 거래는 아니다.

남들에게는 없는 상징성이 있으니까.

하지만 반면에 손해도 만만치 않았다.

무신련주는 비밀리에 거래를 제안한 것이 아니라, 많은 사람들이 보는 앞에서 거래를 했다.

멍청한 작자들은 단순히 금괴에 눈이 멀어 강도 짓이나 하려 들 테지만, 머리가 조금이라도 돌아가는 사람들은 사냥꾼들에 대해 찾으려고 혈안이 될 것이다.

그리고 일 차 표적은 그들과 오랫동안 거래를 담당해 온 그녀가 될 가능성이 높다.

결국 그녀는 만사를 제쳐 놓고 그들에 대한 것만 캐내야 하게 생겼다.

"득이 되기는커녕 해만 잔뜩 지게 되었잖아."

무신련주가 단순하고 무식한 칼잡이가 아니란 걸 뼈저리게 느끼면서 골목 부근에서 몸을 틀었다. 당장 여기서 자리를 떠나지 않으면 품속에 든 금괴를 노리는 자들이 계속 많아질 것이 분명했다.

하지만,

"흐흐흐흐. 여기에 있구나."

"야들야들한 살결에 금은보화까지. 오늘은 우리가 횡재를 하는 날인가?"

골목 앞뒤로 손에 칼을 든 강도들이 나타난다.

숫자는 모두 다섯. 그들의 눈은 시뻘겋게 달아오른 채 혓바닥으로 입술을 축인다.

여인은 땅이 꺼져라 한숨을 내쉬었다.

"무신련주도 이러면 얼마나 좋을까?"

"무슨 소리를 하는 거냐, 계집!"

"너희들, 멍청하다고."

여인이 고개를 번쩍 든다. 끈적끈적한 눈빛에 스산한 살기가 감돌았다.

"나 같이 예쁜 여자가 대로변을 활보하고 다닌다면 그만한 이유가 있을 거란 건 염두에 둬야 하는 거 아냐?"

"……!"

"……!"

그들의 얼굴에 경악이 어리는 순간,

촤아악!

다섯 개의 머리통이 동시에 굴러떨어졌다.

보통 여인이라면 기겁을 할 것이다.

하지만 홍모귀 여인은 인상만 살짝 찡그릴 뿐 도리어 옷에 묻은 핏물을 털어 냈다.

"좀 더 깔끔하게 처리 못 해? 아끼는 옷이었는데 버리게 생겼잖아."

여인은 허공을 보면서 짜증을 부렸다.

그림자는 대꾸를 하기 싫은지 다른 질문을 던졌다. 허공에서 목소리가 울려 퍼졌다.

"제안을 받아들이실 생각이십니까?"

"하지 않으면? 보는 눈이 그렇게 많았는데 우리만 한발 늦춰지면 어쩌려고?"

"저들과의 관계가 틀어질 수가 있습니다."

여인은 코웃음을 쳤다.

"이미 다 망해 버린 야별성 따위가 뭐가 무섭다고?"

"무신련 역시 망한 것은 매한가지지요. 그럴 것 같으면 기존의 거래처를 계속 유지하는 것이……."

"아니. 저들은 살아날 거야. 그것도 아주 크게."

"……확신을 하시는군요."

"직감이야. 여자의 직감."

하지만 그림자는 거기에 대해서 별다른 반응을 하지 않았다. 이 여인이 가진 직감은 그냥 직감이 아니다. 천한 신분에서 오늘날 상단 내 서열 삼 위까지 올라가게 해 준 '안목'이었다.

자신 역시 그런 그녀의 감을 알기 때문에 진즉에 상단, 아니, 상회(商會) 내에서 그녀의 줄을 잡은 것이 아니었던가.

"알겠습니다. 그럼 일을 진행하도록 하겠습니다."

"그래. 되도록 빠르게 진행하도록 해. 다른 놈들이 시작을 하기 전에."

"존명."

스릭!

여인은 그림자의 기척이 사라지는 것을 느끼면서 치맛단에 묻은 핏물을 다시 내려다보며 고운 미간을 찡그렸다.

"이따 저녁에 만찬회도 있는데. 역시 다시 옷을 구매해야겠지? 계획되지 않은 지출은 영 짜증 난단 말이지."

여인은 계속 궁시렁거렸다.

* * *

여인이 떠난 자리.

무성과 조철산은 뒤늦은 식사를 시작했다.

"그런데 고작 이 정도로 밀천이 움직이겠나? 만약 소식을 못 들으면 어쩌려고?"

"그렇게 오랫동안 음지에 숨어 있던 사람들이라면 이 부근에 조직망쯤은 갖춰 뒀겠지요. 제가 온 걸 알면 안달이 날 것이고요. 저는 거기다 불을 붙여 부채질을 할 생각입니다."

조철산이 피식 웃었다.

"좋은 생각이라도 있나?"

"용권(龍卷)이라고 아십니까?"

"용권? 용권풍을 말하나?"

"거기서 이름을 따온 건 맞습니다만, 정확하게는 용권상회(龍卷商會)를 말씀드리는 겁니다."

"아니. 못 들어 봤네만."

"중원에서는 그다지 잘 알려지지 않은 이름입니다. 아니, 오히려 의도적으로 숨겼다는 표현이 옳겠지요."

"그들이 누구기에?"

"이곳 가욕관을 점거한 상인 단체입니다."

"아, 상인 조합이로군."

"예."

무성은 고개를 끄덕이며 말을 이었다.

"북방의 이민족들이 기승을 부리면서 비단길이 옛날에 비해 규모가 많이 줄었다고는 하지만, 그래도 여전히 이곳은 많은 이문이 남는 곳입니다. 특히 중원으로 들어가는 입구인 가욕관 부근은 여러 세력으로 난립을 하던 중원을 줄여 놓은 축소판이라고 봐도 과언이 아닙니다. 아니, 아니었지요."

"과거형이로군."

"오랫동안 서로 너무 많은 피를 흘린 겁니다. 가욕관의 이문을 독식하기 위해 별의별 수단을 다 부렸으니까요. 마적 떼들을 고용해 다른 상단들을 습격하거나, 하자가 있는 물품을 고의로 실어 배상을 책임케 한다거나."

"확실히 그런 일이 비일비재하다 보면 가욕관 전체의 이문이 떨어지게 되겠지."

무성은 고개를 끄덕였다.

가뜩이나 수많은 위험을 무릅쓰고 서역과 무역을 하려는 상인들에게 있어 다른 내환까지 겹친다면, 도리어 수요층에서 그들을 꺼리게 된다.

그렇다 보니 전체적으로 비단길의 규모가 계속 줄어들었으리라.

"그래서 자기들끼리 철옹성을 치게 되었다?"

"예. 기존에 가욕관을 점거한 상단들끼리 조합을 만들어 이문을 독식하기로 결정한 겁니다. 비단길의 길을 보다 안전하

게 닦고, 대신에 외부에서는 다른 상단들이 개입을 하지 못하
도록 만들어 버리고."

"그것이 용권상회로군."

무성이 고개를 끄덕였다.

"그리고 현재 용권상회는 오십여 년간 비교적 잘 유지되었
습니다. 노력도 통했는지 비단길의 규모도 눈에 띄게 확장되
었지요. 우리가 이곳으로 오는 길에 보셨던 저잣거리, 기억하
십니까?"

"물론."

조철산은 고개를 끄덕였다. 배산의 규모는 컸다. 생산적인
활동이라고는 농사가 전혀 안 되니 유목으로 풀칠을 해야 하
는데도 불구하고 도시의 규모가 제법 컸다. 거래하는 사람들
도 꽤 많았고.

"다른 곳을 조사해 보셨을 땐 어떠셨습니까?"

"그야 꽤 괜찮았지. 아. 그럼?"

"예. 그 전부가 용권상회의 산하입니다."

"허! 대단하군."

시장의 독점이란 게 이렇게 대단한 거였나?

특히 천산북로이든, 천산남로이든, 비단길을 이용하려면
반드시 가욕관을 이용해야 한다는 점을 생각해 본다면, 이 지
점을 고수하는 것만으로도 발생되는 통행료의 수입이 절대

만만치 않을 것이다.

"하지만 으레 이런 조직이 세대를 지날 때마다 겪는 고통이 있습니다."

조철산은 침음성을 삼켰다. 자신들도 뼈저리게 느꼈으니까. 무신련도 이 때문에 망가지지 않았던가.

"후계자 갈등."

"예. 이곳은 상회이니 정확하게 파벌 갈등이 옳을 겁니다. 현재 용권상회는 총 세 개의 파벌로 나뉘어 있습니다."

무성은 손가락을 하나 꼽았다.

"하나는 중원 출신의 상인들."

용권상회에는 총 세 종류의 바람이 있다고 한다.

첫째가 동쪽의 중원에서 온 동풍(東風).

"다른 하나는 이국 출신의 상인들."

둘째가 서역에서 온 서풍(西風).

"마지막 하나는 토박이 유목민 출신들."

셋째가 매서운 웅풍(雄風).

"연고주의라는 거군. 하면 자네가 말하는 '불'이란 그들의 갈등을 심화시킨다는 겐가?"

조철산은 대강 머릿속으로 그림이 그려졌다.

동풍, 서풍, 웅풍.

이 세 개의 바람은 현재 용권을 잡아먹기 위해서 치열한 주도권 다툼을 하고 있을 것이다. 때로는 권력으로, 때로는 지략으로, 때로는 돈으로, 때로는 힘으로.

하지만 반백 년에 걸쳐 겨우 복구해 놓은 가욕관을 망가뜨릴 수는 없으니 아주 조금씩 갈등만 빚어 왔을 터.

무성은 그것을 강제로 양지로 끌어 올릴 셈이었다.

그리고 무성이라면 충분히 가능했다.

그에게는 두 가지의 패가 있으니.

하나는 제아무리 가욕관을 점거했다고 하더라도 용권상회쯤은 단시일 내에 초토화시킬 수 있는 무력 단체인 무신련.

다른 하나는 오랫동안 저들과 거래를 해 왔을 것인 밀천.

이 두 가지를 적절히 이용한다면, 용권상회라는 고기를 탐내는 세 바람이 충돌하는 것도 무리는 아니었다. 저들도 무신련이라는 막강한 무력을 든든한 배경으로 쓰려고 할 테니까.

"예. 가욕관을 점거하고 있다면 알게 모르게 밀천과도 암중에 거래를 하고 있을 겁니다. 어쩌면……"

무성의 눈이 반짝거린다.

"용권상회, 그 자체가 밀천일지도 모르는 일이고요."

"확실히 눈길을 피하려면 위장막이 있어야 하니까. 충분히 가능한 일이지. 그럼 가장 먼저 뭐부터 할 생각인가?"

"간단하지 않습니까?"

"응?"

조철산이 무슨 말이냐는 반문에, 무성이 씩 입꼬리를 말아 올렸다.

"용권상회부터 먹어야죠."

"……!"

*   *   *

초로(初老)의 노인이 뒷짐을 서며 객잔을 올려다본다.

"이곳이 맞는가? 무신련주가 나타났다는 곳이."

"예. 그렇습니다."

노인을 호위하던 무사가 고개를 숙인다.

척 보기에도 절대 만만치 않은 기세를 숨긴 사람이다. 강호에 나가면 적어도 절정고수로서 이름을 날릴 수 있는 자.

하지만 무사가 고개를 숙인 노인은 겉으로 봤을 때, 얼굴에 심술궂은 검버섯이 잔뜩 펴서 그저 옹고집만 부릴 것 같은 뒷방 늙은이로밖에 보이지 않았다.

실제로 노인은 무사가 마음만 먹으면 목을 쉽게 꺾을 수 있는 사람에 지나지 않았다.

그렇다고 그런 짓을 하지는 않는다.

도리어 없는 충심까지 만들어 내서 바친다.

노인에게는 남들이 가지지 못한 유일한 한 가지가 넘치도록 있으니까.

돈.

정확하게는 금(金)을 갖고 있었다.

혹자는 약탈과 강도가 빈번한 사막에서는 힘이 최고라며, 약육강식의 세상인 강호 무림보다도 더 살벌한 세상이라고 말을 한다.

하지만 전부 헛소리다.

사막에서는 금이야말로 최고의 가치를 지닌다.

금을 부릴 수 있다면, 힘 따윈 얼마든지 채울 수 있다. 금을 미끼로 유목민들을 대거 끌어들여 전사들을 앞에다 세워 버리면 그만이니까.

그 외에도 가지고 싶은 건 무엇이든지 가질 수 있다.

집, 사람, 인재, 땅, 미녀.

왕후장상? 그깟 것이 무엇인가. 결국 불어오는 바람에 우수수 떨어질 낙엽에 지나지 않을 것을.

그래서 금을 가진 노인은, 이곳 가욕관을 비롯한 비단길에서 어느 누구도 거스를 수 없는 절대 권력을 가진 사람 중 하나였다.

별명도 금와(金蛙), 금개구리다.

언젠가 이름을 물은 적도 있지만, 그는 스스로 자신의 이름 따윈 머릿속에서 지워 버린 지 오래라고 했다. 별명을 자신의 본명보다도 더 사랑했다.

금와는 금만 있으면 귀신도 부릴 수 있다고 믿는 철저한 장사꾼 중 하나였다.

중원에서 뼈 빠지게 가난한 집안에서 태어나, 열 명도 넘는 형제들을 위해 군입이라도 줄여야 한다는 이유만으로 다른 집에 팔려 갔다가, 솥에 들어갈 뻔했던 걸 가까스로 도망쳐 유리걸식을 일삼았다. 그러다 우연히 도둑질을 하다가 어떤 상인의 눈에 띄어 밑바닥 하인부터 시작하면서 눈대중으로 계산법을 배워 지금의 자리에까지 올랐다.

용권상회의 창업 공신이기도 한 그는, 언제나 그랬듯이 더 높은 자리를 쟁탈하기 위해서 중원 출신의 상인들이 모여 만든 파벌인 동풍의 수장을 맡고 있었다.

하지만 나이만큼이나 경험도 많고 수완도 좋은 그를 서풍과 웅풍이 크게 경계한 나머지, 이렇다 할 별다른 성과를 이루지 못하고 있던 와중이었다.

아니, 이루고 있었지만 깨지고 말았다.

갑자기 나타나 버린 놈들 때문에.

여태 금와가 칠십 평생에 가졌던 최고의 가치관을 깨 버린 자들.

무신련.

금이 최고인 이 사막에서도 힘으로 모든 것을 잡아먹을 수 있는 자들.

한때 강북을, 아니, 중원을 호령했던 자들이 대체 이런 변두리 구석까지 왜 쫓겨났단 말이냐.

용권상회에서도 이미 그 때문에 발칵 뒤집혔다.

가뜩이나 공동파의 눈치를 보느라 여기저기 수를 썼던 사람들은, 정작 공동파가 몰락하면서 그들의 기반도 같이 날아갈 상황이 생기게 되자 발등에 불똥이 떨어진 것과 마찬가지인 격이 되고 말았다.

따지고 보면 금와도 그중 하나였다.

주기적으로 공동파에다 기부라는 명목으로 상당한 액수를 넘기고 있었으니.

공동파에서도 오랑캐 출신인 서풍이나 웅풍보다는 동풍을 암묵적으로 밀어 주는 편이었다.

하지만 이제는 다시 시작해야 한다.

투자를 회수하지 못한 것에 대한 미련은 남기지 않는다.

언제나 그렇듯이 지금부터 또다시 하면 되니까.

다만, 짜증 나는 점은 저들의 첫 번째 거래 상대라는, 이곳에 사는 상인이라면 누구보다 거머쥐고 싶어 할 분야를 서풍의 홍모귀가 냉큼 가져가 버렸다는 점이었다.

'내 언젠간 그 계집의 가랑이를 벌려 배 아래에 눌러 버리고 말 것이야.'

바드득!

금와는 나이가 들어 망가져 금으로 때워 버린 치아를 바득바득 갈아 대며 뒷짐을 졌다.

"앞장서거라."

"예."

금와는 객잔 안으로 들어서려다가 깜짝 놀랐다.

예기치 못한 사람이 객잔에서 나오고 있었다.

"이런. 금와 어르신이 아니십니까?"

터번으로 머리를 가린 구릿빛 피부의 거란족 중년인. 웅풍의 수장, 야율재(耶律材)가 고개를 숙인다.

금와의 인상이 잔뜩 찡그려진다. 서풍에 이어 웅풍에게도 먼저 선수를 맞아 버린 것이다.

하지만 그것도 잠시.

금와는 다시 표정을 온순하게 지었다. 부드러운 표정은 그가 거래를 할 때면 언제나 내세우는 그의 상징이다.

"그대는 이곳까지 어인 일이신가?"

물론 야율재는 금와의 가면 뒤에 숨겨진 잘 벼린 칼날을 아주 잘 안다. 젊은 시절에 비해 의심이 많아져 감이 무뎌졌다고는 하나, 그래도 상대는 가장 많은 인원수를 자랑하는 동풍의 수장이다.

"거래처의 상단주께서 이곳의 밥이 아주 맛있다고 극찬을 하시더군요. 해서 다녀오는 길입니다."

"맛은 있던가?"

"괜찮았습니다. 하지만 너무 맵게 나와서 혀가 얇은 저로서는 조금 먹기가 부담스럽더군요. 그래도 계속 이렇게 생각나는 걸 보니 자주 먹으러 와야 할 것 같습니다. 한데, 어르신께서는 어찌 이곳에?"

"나도 식사를 하러 온 것이네만."

"그렇군요. 하지만 어르신께서는 과연 입맛에 맞으실는지. 평소 자극적인 음식은 피하지 않으셨습니까?"

무신련을 말하는 것이다. 그만큼 상대하기가 버거웠지만, 자신은 즐거웠다고 말한다.

그러면서 슬쩍 비꼰다.

언제나 안전한 거래만 해 오고 이제는 기력도 달리는 당신이 이것을 감당할 수 있겠냐는 도발.

금와는 이 시건방진 녀석을 어떻게 하면 좋을까 속으로 생각하며 웃었다.

"그래도 한 번쯤은 먹으러 오는 것도 나쁘진 않다고 생각하네만."

"그러시다면야. 하면 저는 일이 있어 그만."

야율재는 슬쩍 목례를 하더니 휙 사라졌다.

금와는 웃으면서 그를 보내다 더 이상 보이지 않게 되자 표정을 싹 굳혔다.

"시건방진 놈 같으니라고."

장사꾼들은 언제나 얼굴에 가면을 쓰고 살아야 한다.

그런 면에서 보자면 야율재는 가장 이상적인 장사꾼에 가깝다고 할 수 있었다.

언제나 웃고, 자신을 낮추고, 상대방을 배려한다.

아주 간단한 것일 수도 있는데도 불구하고 야율재는 아무리 상대방이 말썽을 피워도 늘 웃음으로 대한다.

단, 뒤로 돌아서서는 가차 없다.

모든 이익을 취했다 싶으면 바로 그 자리에서 날려 버리거나, 자신의 것으로 완전히 흡수해 버린다.

금와가 이끄는 동풍이 연대의 개념이라면, 녀석의 웅풍은 군대처럼 상명하복이 철저한 것도 바로 그런 이유 때문이었다. 이미 웅풍은 야율재, 그가 가진 상단 자체라고 봐도 과언이 아니었다.

그래서 금와는 녀석을 가장 경계했다.

지역 토박이이면서 여러 유목민들을 규합하고, 그것을 마치 제 재산처럼 다루는 녀석.

이미 군벌을 일군 것이나 다름없는 야율재의 손에 회주의 자리가 넘어가는 순간, 용권상회가 어떤 식으로 전락할지는 불에 보듯 뻔한 일이었다.

소금이 있으면 녀석의 자리에다 뿌리기라도 했으면 좋겠건만.

"문을 열어라."

호위무사는 허리를 숙이며 문을 열었다.

금와가 뒷짐을 지며 안으로 들어서자 한쪽 구석에 이야기를 나누는 청년과 장년인이 보였다.

호위무사가 살짝 귀띔을 했다.

"젊은 쪽이 무신련주, 늙은 쪽은 그의 호위입니다."

"흠. 역시 젊군."

새로운 무신련주인 창붕이 젊다는 말은 익히 들어서 알고 있었지만 이 정도일 줄은 몰랐다.

과연 젊은 시기의 치기로 똘똘 뭉쳤을 것인가, 아니면 소문대로 나이에 어울리지 않는 노회함을 지녔을 것인가?

금와는 그들 앞으로 다가갔다.

그러자 한창 이야기를 나누던 무성과 조철산이 고개를 이쪽으로 돌린다.

"혹시 무신련주와 조철산 장로님이 되시는지?"

무성은 입을 꾹 다물고, 조철산이 대신 나선다.

"그렇소만?"

"처음 뵙겠습니다. 저는 이곳에서 조그마하게나마 장사를 하는 금와라고 합니다."

금와는 공손히 허리를 숙이면서 무성과 조철산의 눈가에 스쳐 지나가는 이지를 놓치지 않았다.

'역시 날 기다리고 있었군.'

이미 저들의 노림수 정도야 어느 정도 짐작하지 않았던가.

사냥꾼인지 뭔지 정체도 알 수 없는 놈들을 노린다는 핑계를 삼아 가육관의 이권을 장악한 용권상회를 흔들어 보려는 수작.

물론 금와는 거기에 순순히 넘어갈 생각이었다.

하지만 주도권을 주어서는 안 되겠지.

조철산이 입을 열었다.

"그렇소? 하면 무슨 일인지 빨리 이야기하고 가 주시겠소? 보다시피 식사를 하던 차에 계속 방해를 받게 되니 속만 더부룩해지는구려. 방금 전에도 속이 답답해지는 말만 해 대더니."

조철산은 인상을 잔뜩 찡그렸다. 노골적으로 귀찮다는 표정을 짓는다.

하지만 금와는 웃는다.

'아직 풋내기로군. 제 딴에는 표정을 관리한다 치지만 너무 빤하지 않은가? 날 안달 나게 할 속셈인가? 적당히 맞장구치는 것도 재미나겠지.'

기련산에 자리를 잡으려는 자신들이 더 급할 텐데 말이지. 그래도 무신련이 가지는 이름과 가치가 있으니 콧대를 세우려는 모습이 절로 웃음만 나온다.

특히 좌측에 있는 무성은 가만히 팔짱을 끼며 여태 아무 말도 하지 않고 있었다. 어디 재롱을 피워 볼 거면 해 보라는 것처럼 오만하게 군다. 물론 저것도 압박을 하기 위한 가면이리라.

금와는 재빨리 두 사람이 먹고 있던 식사를 눈대중으로 훑었다. 정말 몇 숟갈 뜨지도 않았지만, 음식은 다 식어 버린 듯했다.

'야율재 말고도 몇 사람이 더 다녀갔군.'

파벌의 수장들 말고도 몇몇이 더 다녀갔나? 한번 알아봐야겠어. 누가 뒤통수를 노리는지 최소한 알기나 해 둬야겠지.

"평소 무신련의 위대한 업적에 흠모를 하고 있던 터라 멀리서나마 존안이나마 뵐 수 있을까, 말이나 붙일 수 있을까 싶어 이렇게 결례를 무릅쓴 것입니다. 한데, 저로 인해 식사를 방해받으셨다니…… 하면 제가 사과의 뜻으로 두 분께 식사를 대접해 올릴 영광을 주시지 않으시겠습니까?"

조철산은 불쾌한 얼굴이 되었다.

"당신이 무엇이건대?"

"말씀드리지 않았습니까? 저는 천한 장사치입니다. 그러니 이렇게 강호의 높으신 두 분과 면식을 익힐 수 있는 것만으로도 저에게는 큰 이문이 남는 장사입니다. 부디 청을 거절하지는 말아 주시지요."

조철산은 들었던 숟가락을 쟁반에 놓아 버리고 무성을 쳐다보았다. 어떠냐는 눈빛이다.

무성이 가만히 입을 열었다.

"준비를 단단히 해 놓았나 보오."

"무슨 말씀을."

"우리가 원하는 게 무엇인지는 이미 배산에 잔뜩 퍼졌을 것이고. 거기에 대한 답을 갖고 온다면 찾아가도록 하지. 난 불편한 자리에선 식사를 안 한다는 주의라."

무성이 자리에서 일어나 자리를 뜨려 한다.

금와는 거기다 대고 여유롭게 고개를 숙이며 말했다.

"제가 마련된 자리에는 다른 손님들도 참석하실 예정이십니다."

무성의 동작이 멈춘다.

"누구요?"

"찾으시는 사냥꾼 무리 중에 한 사람으로 여겨지는 사람을 수배해 뒀습니다. 이미 모셔 오는 중이라는 전갈을 받았습니다."

무성의 눈이 번뜩인다.

"거짓이라면."

"어느 안전이라고 거짓을 고하겠습니까?"

금와는 더더욱 고개를 숙였다.

무성은 그런 녀석의 정수리를 한참이나 내려다보다가 입을 열었다.

"안내하시오."

입가에 미소가 지어진다.

'되었다.'

이것으로 단번에 다른 두 사람보다 위에 서게 되었다.

금와가 안내한 곳은 자신의 사저(私邸)였다.

으리으리한 궁궐과 같은 분위기를 자랑하는 장원은 주인의 이름만큼이나 호화찬란했다.

"이곳은 원래 과거 곽거병이 북벌을 직접 단행하기 전에 머물렀던 고택을 제가 헐값에 사들여서……."

"다른 설명은 되었고. 사냥꾼이 있다는 곳으로 안내하시오."

"알겠습니다."

무거운 분위기를 조금이라도 풀어 보려 했던 금와는 한쪽 입술이 씰룩거렸지만 내색하지 않고 별채로 두 사람을 안내했다.

이미 사람을 시켜 음식을 준비하게 해 뒀던 터라, 자리에는 갖가지 진귀한 음식들이 올려져 있었다. 감숙에서 유행하는 사천 요리를 시작으로 사막에서는 금보다도 귀하다는 생선 요리까지 보였다.

"불편한 자리로 인해 많이 시장하실 터인데 많이 드시지요. 사냥꾼은 이미 근방까지 다다랐다는 전갈을 받았습니다."

"그렇소?"

무성의 질문은 그것이 끝이었다. 물을 게 많을 법도 한 데도 아무것도 묻지 않고 그저 묵묵히 식사만 한다. 조철산은 이따금 맛이 좋다며 칭찬을 했지만, 식사는 비교적 조용한 분위기에서 이뤄졌다.

맞은편에 앉아 있는 금와가 다 무안해질 지경이었다.

그때 밖에서 대기하고 있던 호위무사가 조심히 들어와 귀띔을 했다.

"사냥꾼이 이미 도착을 했다고 합니다. 식사를 다하셨으면 안으로 들이겠습니다."

무성과 조철산의 눈이 반짝거린다.

금와는 확신했다. 여기서 이야기가 잘만 풀린다면 자신은 무신련을 등에 업어 단숨에 용권상회를 석권할 수 있으리라.

호위무사는 곧 실내로 한 사람을 데려왔다.

짐승 가죽을 벗겨 만든 옷을 입은 사내. 눈매가 거칠고 전형적인 싸움꾼 기질이 풍긴다.

"도대체 날 무슨 연유로 부른 것인지는 알 수 없어도 쓸데

없는 없는 걸로 오고 가라고 한 것이면 용서치 않을 것이오."

사냥꾼은 번뜩이는 눈동자로 금와를 노려보았다.

금와는 품에서 전낭을 꺼내 사냥꾼 앞에다 던졌다.

툭.

사냥꾼의 눈동자가 살짝 커진다. 전낭의 무게를 보고 입꼬리를 말아 올렸다.

"선금이다. 제대로 답을 하면 그와 같은 걸 두 개를 더 얹어 주지."

사냥꾼은 간사하게 웃으며 혓바닥으로 입술을 축였다.

"이런 것이라면야. 얼마든지. 그럼 뭘 대답하면 되는 것이오?"

금와는 뒤로 살짝 물러서서 무성을 돌아보았다. 물을 게 있으면 물으란 의미였다.

하지만 이상하게 무성은 사냥꾼을 가만히 바라보기만 할 뿐 아무런 말도 하지 않았다.

잠시 침묵이 흐른다.

금와는 전혀 생각지도 못했던 상황에 갑자기 왜 이러나 싶어 뭐라고 입을 열려는 순간,

툭!

갑자기 사냥꾼이 한쪽 무릎을 땅에다 찍으며 고개를 숙인다.

"련주를 뵙습니다."

피식, 웃기까지 한다.

금와는 이 사람들이 왜 이러나 싶었다. 뒤편에 서 있던 호위무사 역시 공기가 갑자기 이상해지자 검병 쪽으로 손을 가져갔다. 하지만 호위무사는 움직이지 못했다.

『거기서 그치게. 검을 뽑는 것과 동시에 그대의 목도 같이 날아갈 테니.』

"……!"

조철산이 허리춤에 찬 단창을 검지로 툭툭 건드리면서 웃는다. 호위무사는 식은땀을 흘리며 손을 거둬야 했다.

무성은 금와와 호위무사의 분위기는 아랑곳하지 않고 가만히 입을 열었다.

"그들과 만났습니까?"

"예. 사신이라고 하니 만나 주었습니다. 다만, 안으로 들어가진 못했습니다."

"그 정도야 예상은 했으니. 뭐라고 하던가요?"

"불가, 라고 하였습니다."

"그들의 신을 돌려주겠다고 하였는데도?"

"믿을 수가 없다 하였습니다."

"하긴 오랜 세월 동안 적이었으니…… 결국 남은 방법은 용권상회를 장악해서 저들을 고립시키는 수밖엔 없나? 시간이 조금 걸리겠어."

무성은 혼잣말을 중얼거리더니, 금와를 돌아봤다.

"동풍주, 미안하오만 데려온 사냥꾼은 우리가 찾던 사냥꾼이 아니오. 그들을 찾으러 먼저 나섰던 우리 쪽 사냥꾼이지. 아무래도 중간에서 오해가 있었나 보오."

금와가 데려온 사냥꾼은, 무성이 기련산의 탐색을 위해 먼저 보냈던 간독의 의동생인 식귀였다.

독사가 동창을 만나 그들을 회유하는 동안, 식귀는 무성의 지시를 받고 서쪽으로 향했다. 그리고 야별성이 주로 나타난다는 안가에 찾아가 무성의 뜻을 담은 서찰을 전달했다.

내용은 같이 손을 잡자는 것.

무신련의 병력을 밀천에 의탁을 해도 되겠냐는 제의였다.

하지만 돌아오는 대답은 부정이었나 보다.

금와는 일을 이렇게밖에 못 하냐며 무언의 질책을 호위무사에게 보냈지만, 호위무사는 묵묵히 고개만 숙일 뿐이었다.

무성은 그런 호위무사를 이질적인 눈빛으로 바라보다가 다시 금와를 쳐다봤다.

"그래서 말인데. 한 가지 제안을 해도 되겠소?"

금와의 눈이 커진다.

"우연히 근래 들어 용권상회의 차기 회주 자리가 내정되어 있지 않다는 말을 들었소만."

두근.

갑자기 뜻하지 않게 찾아온 기회에 금와의 가슴이 간만에 간질거렸다.

"해서 그대가 회주 자리를 받을 수 있도록 도와 드리겠소. 단, 나를 좀 도와주셨으면 하오."

"어떻게 도와 드리면 되겠습니까?"

"거기에 대한 건 추후에 이야기하도록 하고. 일단 이것부터 받으시오."

무성은 품에서 뭔가를 꺼내 금와에게 던졌다.

금와는 얼결에 그것을 받았다가 깜짝 놀랐다. 고래가 새겨진 은패. 그 밑에 새겨진 문구가 의미심장하다.

부경(富鯨)

"이, 이, 이것은……!"

금와의 손이 처음으로 덜덜 떨린다.

금으로 산을 쌓았다고 했던 자신조차도 감히 함부로 범접해서는 안 된다고 알려진 자의 호패가 아닌가! 상계의 신화이며 무신련의 재상까지 지냈던 자의 신분패.

무성이 고개를 끄덕인다.

"맞소. 포천부경, 방효거사의 신분패요. 중원 제일의 상단인 장사상회의 힘을 쓸 수 있는 열쇠이기도 하지."

"이, 이것을 어찌 저에게……?"

"포천부경의 자금, 무신련의 무력. 모두 빌려 드리겠소. 단, 오늘 안으로 용권상회의 전권을 모두 장악해야 하오. 가능하겠소?"

금와는 이것이 늘그막에 찾아온 일생일대의 기회란 것을 깨달았다. 어떻게 돌아가는 건지 조금 얼떨떨했지만, 여기에 토를 단다면 무성은 다른 곳으로 찾아갈 것이다.

"하, 하겠습니다!"

금와는 뒤도 돌아보지 않고 자신의 모든 것을 던졌다.

第九章

상계 혼란

금와는 포천부경의 신분패, 부경패를 가지고 부리나케 자리를 떴다.

그 모습을 보다가 식귀는 털썩 엉덩이를 깔고 앉아 투덜거렸다. 마치 방금 전까지 보이던 절도 있는 모습이 전부 거짓말이었던 것처럼.

"아, 련주! 이제 끝난 겁니까? 계속 이렇게 왔다 갔다 하려니 귀찮아 죽겠습니다!"

식귀는 뒷머리를 벅벅 긁으면서 투덜거렸다.

무성이 살짝 미소를 짓는다.

"이미 야율재와 금와, 응풍주와 동풍주를 낚았으니 이만 쉬셔도 되오.”

“정말?”

“물론.”

식귀는 껄렁했던 자세를 풀고 눈을 반짝반짝 빛냈다. 그는 가볍게 기지개를 켜며 뭉쳤던 피로를 풀었다.

“으으으. 연기를 하는 것도 정말 사람 할 짓이 아니란 말이지. 그런 걸 보면 코에 침도 안 바르고 사람을 갖고 노는 련주와 영감님이 참 대단해요.”

사실 식귀는 고의로 금와의 눈에 띄었다.

무성이 찾는 사냥꾼인 척하면서 접근을 하였다가 일이 잘못된 것처럼 만들고, 무성이 무언가에 쫓기듯 다급하게 일을 진행시키려 할 때 압박을 받아 바로 일을 따를 수 있도록.

따지고 보면 엉성하기 짝이 없는 방식이었지만, 효과는 충분했다.

용권상회를 가지지 않겠느냐?, 딱 그 한마디면 충분하다.

부경패를 보여 주고, 무신련의 도움을 약속한다.

그렇다면 따를 수밖에 없다.

물론 이런 귀찮은 연기도 할 필요 없이 금와를 따로 만나 제의를 해도 될 테지만, 그래서야 숙이고 들어가는 입장이 되어 금와가 욕심에 더 많은 것을 요구하려 나설 수도 있다.

하지만 이쪽에서 급하다는 인상을 심어 주고, 너 아니라도

다른 사람에게 시키면 된다는 생각을 박으려면 이 정도의 꼼수
쯤은 필요했다.

금와를 안달 나게 하기 위해서.

거기다 단서를 달지 않았는가.

하루.

그 안에 용권상회를 접수하라고 말이다.

덕분에 금와는 무신련이라는 든든한 배경을 얻었다고 생각
하며 희희낙락했다. 다급하게 어디론가 뛰어갔다.

그렇게 낚인 자가 금와만이 아니다.

야율재도. 그리고 혼란을 틈타 회주의 자리를 강탈하고자
하는 다른 승냥이들도.

"난 웬만하면 빼라, 이놈아. 말하지 않았나, 나도 이런 건 불
편해. 련주가 아니었으면 저 두꺼비같이 생긴 영감한테 탈탈 털
렸을걸?"

조철산이 불만 가득하게 궁시렁거린다.

무성은 가볍게 웃으며 식귀를 돌아봤다.

"그럼 다시 본론으로 돌아와서. 밀천의 대답은 여전히 다를
게 없다는 거요?"

"어제까지만 해도 있었던 사람들이 오늘 아침에는 아예 짐
을 싸고 전부 사라져 버렸습니다."

"결국엔 우리가 찾는 수밖엔 없는 건가."

무성은 손으로 턱을 쓰다듬다가 물었다.

"하면 용권상회와 밀천의 관계는?"

"분명 어느 정도 관련이 있으리라 생각됩니다."

역시나 계속 흔드는 수밖에는 없을 것 같다.

조철산이 묻는다.

"그럼 일단 집에다 불은 붙인 것 같고. 부채질은?"

"뭐가 있겠습니까?"

무성이 짓궂게 묻는다.

조철산이 인상을 딱 굳히더니 스리슬쩍 뒤로 물러섰다.

"어이어이. 이보게. 여기까지만 해도 힘들어 죽겠는데, 또 나더러 힘 빼라고? 늙은이를 그동안 너무 많이 부려 먹었다고 생각하지 않나? 이번엔 좀 빼 주면 안 되겠나?"

"저도 그러고 싶지만, 지금 저와 같이 계신 분은 조 장로님밖에 계시질 않네요."

"……젠장."

조철산은 이제야 간독의 고생을 뼈저리게 느꼈다.

"전, 그럼 이만……"

"식귀도 내친김에 한 가지만 도와주시오."

"……제기랄."

식귀는 또 고생하겠다는 생각에 울상이 되었다.

          *   *   *

금와는 자신의 방으로 돌아와 호위무사에게 소리쳤다.

"백 무사! 백 무사!"

"예."

"당장 무신련으로 가서 약속 병력을 받고 웅풍의 상점들을
모두 점거하도록 해! 어서!"

무사, 백환(白晥)의 눈이 커진다.

"지금 말입니까?"

"여태 옆에서 뭘 들었나? 저들이 준 기회는 하루밖에 되질
않아!"

"아, 알겠습니다."

백환이 부리나케 움직이려는 그 순간,

쾅!

"큰일 났습니다! 큰일 났습니다, 동풍주!"

가복이 문을 벌컥 열며 헐레벌떡 들어섰다.

"왜 그러나?"

"우, 웅풍 쪽 상단들이 지금 시장에 나온 포목이며 식량이며
닥치는 대로 쓸어 담고 있다고 합니다!"

"뭣이?"

"그것도 가욕관을 통과하려는 상단들의 물품들까지도 전부

웃돈을 주고 사고 있다고……! 덕분에 지금 벌써 품귀 현상이 벌어지고 있습니다!"

"젠장!"

야율재 녀석에게 먼저 한 방을 먹었구나!

무성 등이 자신의 장원으로 온 것을 보고 무슨 일이 벌어졌는지 짐작, 손을 놓고 당하기 전에 먼저 손을 쓴 것이 틀림없었다.

빠드득!

금와는 이를 잔뜩 갈며 소리쳤다.

"백 무사는 빨리 무사들을 받고 움직이고, 자네는 앞장서게! 내가 가 봐야겠어!"

금와는 삐거덕거리는 관절을 억지로 움직였다.

달음박질을 하며 도착한 곳에는,

"내 두 배로 쳐서 물건을 사 준다고 하지 않은가? 자네가 한 달 내내 이것에만 매달린다고 해서 다 팔 수나 있을 것 같나? 하지만 지금은 내게 넘기게."

"하, 하지만……!"

"어허. 그렇게 말을 하였는데도! 근자에 들어 요즘 거래가 신통치 않다는 말을 듣고 웅풍주께서 직접 사비를 털어 상인들의 고심을 조금이나마 덜어 주려고 했던 것인데. 에잉. 어쩔 수 없지. 그럼 자네는 빠지게."

상인은 울상이 된 상점주에게 저 먼 곳에서 가만히 웃으며 고개를 끄덕이고 있는 야율재를 가리켰다.

이미 야율재 뒤편으로는 이 거리에 있는 모든 상점들에게서 닥치는 대로 사들인 물품들이 산더미처럼 쌓인 수레가 몇 개씩이나 있었다.

지금도 다른 상점에서는 여러 일꾼들이 물품들을 실어 담기에 바쁘고, 꽉 찬 수레는 빠지고 빈 수레가 안으로 들어오고 있었다.

이미 이 저잣거리 쪽 상황은 모두 물건이 동나 버렸다.

상황이 이런데 네가 안 넘기고 배기겠냐는 뜻이다.

하지만 상점주는 금와에게 끈을 댄 입장으로서 이래도 되나 발을 동동 굴렸다.

하지만 앞으로 야율재의 눈에 찍힐 생각을 하니 안 그럴 수도 없어 결국 두 손 두 발을 들어야 했다.

"아, 아닙니다! 팔겠습니다!"

"옳은 결정일세. 하면 바로 여기서 전표를 치르……."

"아니. 안 팔 걸세. 값을 다섯 배로 치면 모르겠지만!"

막 거래가 이뤄지려는 상점에, 금와가 난입하며 거래를 깨 버렸다.

물건을 사들이려던 상인은 짜증을 내려다가 곧 나타난 사람이 금와란 사실을 알고 허리를 굽실거렸다.

야율재가 앞으로 나서며 예를 갖췄다.

"금와 어르신이 아니십니까?"

"이게 도대체 무슨 짓인가!"

"보시다시피 물건들을 구입하는 중입니다만. 이번에 제게 둘도 없을 아주 중요한 거래 요청이 들어왔는데, 시일이 하도 급박한 나머지 일 차 물량만이라도 맞추기 위해서 부득이하게 이런 선택을 내렸습니다."

뻔뻔하게 믿지도 않을 거짓말을 잘도 늘어놓는다.

"이딴 식으로 나와 동풍이 주로 취급하는 식량과 포목에만 주로 손을 대는데도 말인가?"

중원 출신인 동풍은 서역에서 아주 귀하게 여기는 비단을 주로 취급하며, 그 외에는 중원에서만 나는 희귀한 식재료와 언제나 식량이 부족한 유목민들에게 내놓기 위한 식량을 구비해 놓는다.

하지만 지금은 그게 나온 것이 모두 증발을 해 버려 가격이 비정상적으로 폭등을 하고 있었다.

가욕관에 위치한 모든 저잣거리는 물론, 가욕관을 통과하려는 상단들을 붙잡고 서역에서 팔려는 값보다 더 높게 측정을 해서 전부 수매를 해 버린다.

덕분에 위험천만하고 가는 데만 시간도 길어질 비단길을 이용하지 않고도 앉아서 돈을 벌게 생긴 상행들은, 옳다구나 하고 물건을 내놓았다.

그리고 그것을 뒤늦게 눈치챘을 때는, 동풍이 취급하는 물품들이 거의 씨가 마른 뒤였다.

"말씀드리지 않았습니까? 물건이 급하게 필요했다고. 금와 어르신과 동풍 상인들께도 나쁘지는 않은 일일 텐데요? 아니, 오히려 이득이시지 않습니까? 전부 시세보다 높게 책정을 했습니다만. 덕분에 저는 지금 금고가 메마를 지경입니다. 이렇게 했는데도 불구하고 거래를 성사시키지 못한다면 저와 저희 웅풍은 파산입니다. 이해를 해 주시지요."

"하면 그 계약을 깨시게. 위약금은 내가 내주지."

"어르신께서요? 불가능하실 텐데요."

"뭣이?"

"말씀드리지 않았습니까? 제 금고가 바닥을 보인다고. 거기에 세 배를 쳐야 하는데 가능하시겠습니까?"

웅풍은 야율재의 개인 상단과도 같다. 즉, 재산만 따진다면 금와보다도 훨씬 많은 것이다. 당연히 그 세 배를 치러 줄 정도의 돈이 있을 리 없다.

하지만 금와에게는 새로운 무기가 생기지 않았는가. 절대 메마르지 않을 돈을 품었다는 우물이.

"치르지."

야율재가 미간을 찌푸린다.

"그렇게 맘껏 떠드신다고 될 일이 아닙니다."

"그럼 증명을 해 보일……!"

금와가 품에서 부경패를 꺼내려는데, 야율재가 손을 뻗어 제지했다.

"됐습니다. 이미 저는 수매한 것들을 되팔 생각이 없으니 말입니다."

"네놈!"

"제게는 아주 중요한 거래라. 신용이 최우선 아니겠습니까?"

"그렇게 나오시겠단 말이지?"

금와는 반쯤 꺼냈던 부경패를 도로 집어넣었다. 사실 부경패를 보인다고 한들 야율재가 호락호락 넘어갈 사람도 아니었다. 가짜가 아니냐며 딱 잡아떼면 그만이니.

'당장 장사전장을 찾아 예치된 돈부터 빼야겠군.'

방효거사가 이끈 장사상회의 전장(錢莊, 은행)은 이곳 가욕관에도 큰 규모를 자랑한다.

금와는 아직도 수레에 옮기기 바쁜 일꾼들과, 자신의 눈치를 보며 슬쩍 얼굴을 돌리는 상인들을 똑똑히 기억하고는 홱 돌아섰다.

"곧 이 짓을 후회하게 될 걸세. 돌아가자."

금와는 코웃음과 함께 돌아서서 가 버렸다.

야율재는 그런 금와를 보다가 옆에 있던 총관에게 나지막하게 일렀다.

"저 영감이 무슨 수를 쓰려는지 한번 확인해 보시오."

"예."

야율재는 입술 끝을 비틀었다.

"무엇을 하든 이미 대세를 거스를 순 없을 테니까."

그는 품에 꼭 쥔 부경패를 매만지며 흡족한 미소를 폈다.

웅풍과 마찬가지로 동풍도 시장에 뛰어들었다.

주로 웅풍이 취급하는 무기, 은, 약재들을 대거 구매하기 시작하면서 중소 상인들은 행복한 비명인지, 아니면 두 고래에 눌려 고통스러운 비명인지 모를 비명을 질렀다.

이와 같은 현상은 웅풍과 동풍이 취급하지 않는 다른 자질구레한 물품들에도 급속도로 확산되었다.

금와와 야율재의 명령을 받은 자들은 상인들이 물건을 내놓기 무섭게 웃돈을 주고 구매하고, 여기에 자극을 받은 상인들은 당장 손을 써서 감숙 곳곳에 퍼진 모든 인맥들을 동원해 물건들을 가욕관으로 대거 끌어와 시세보다 몇 배나 되는 가격을 불러 팔아 치웠다.

심지어 가치가 없어 내다 버려야 하는 하등품들도 팔려 나가면서 물가는 폭주를 해 미친 듯이 상승 곡선을 그려 버렸다.

동풍과 웅풍은 끝도 없이 돈 싸움을 벌였다.

몇몇 사람들은 과연 용권상회가 아무리 돈이 많아도 저만큼 돈을 써 재끼는 것이 가능할까 싶었지만, 출처를 알 수 없는 돈들은 이 시간에도 무한정으로 쏟아졌다.

결국 곳곳에서 물건을 내놓아라, 못 내놓겠다, 돈을 더 내놓아라, 등등 고성이 오고 가기 시작했다.

하지만 더 이상 팔 물건이 없으니 돈이 아무리 많아도 어쩔 수가 없었다.

그러나 물건이 없으면 만들면 되는 법.

혼란을 틈타 무사들이 움직이기 시작했다.

드르륵!

언덕을 따라 올라가는 수많은 수레들. 물건을 꽉 실은 수레들은 저대로 바퀴가 빠지는 것이 아닐까 싶을 정도로 위태로워 보였다.

"저것을 털어 주시면 됩니다."

"물건은 어디로?"

"저희 쪽으로 주십시오."

"알았다. 그러도록 하지."

백환이 뒤로 빠지는 걸 보면서 조철산은 얼굴에다 복면을 쓰기 시작했다. 가려진 입술이 쓴웃음을 그린다.

"이 나이에 도적질이라니. 우리 련주 덕분에 별의별 일을 다 해 보는구만."

그의 뒤편으로 열 명 남짓한 무사들이 동의한다는 듯이 고개를 끄덕였다.

"자, 그럼 가자. 대신에 인명이 다쳐서는 안 된다."

"존명."

스릉!

무사들이 언덕을 따라 뛰어 내려가기 시작했다.

*　　　*　　　*

야율재는 창고로 이동하던 구매품 중 일부가 강탈당했단 소식에 벌떡 자리에서 일어났다.

"감히!"

아무리 큰일이 닥쳐도 눈 하나 깜빡하지 않던 그였지만, 지금의 분노는 도무지 참을 수가 없었다.

"누구냐? 누구의 짓이냐?"

"복면을 가리고 있어 정체를 알 수가 없었……!"

쾅!

야율재는 주먹으로 탁상을 내리쳤다.

"지금 그걸 말이라고 하는 것이냐?"

"……"

보고를 올리던 총관은 고개를 푹 숙이며 야율재의 화가 가라앉기를 바라는 수밖엔 없었다.

하지만,

쾅!

다른 수하가 다급하게 뛰어왔다.

"야율재 님, 큰일 났습니다! 포목을 재어 놓았던 창고 다섯 곳이 유목민으로 보이는 자들에게 약탈되었습니다!"

"경비하고 있던 놈들은 대체 뭘 하고 있었던 것이야!"

"그, 그것이 놈들이 일부는 말을 타고 미끼로 나서서 다른 별동대가 후미를 급습해……."

"제기라아아아아알!"

쾅! 쾅! 쾅!

야율재는 몇 번이고 미친 듯이 탁상을 세게 두들겼다. 도저히 화가 가시질 않았다.

그는 한참 성을 잔뜩 내다가 인상을 찡그렸다.

"금와…… 그 영감이로군!"

동풍의 주인 말고 자신을 건드릴 만한 인간이 어디에 있을까!

바드득!

"내가 이미 무신련주로부터 무언가를 받은 걸 알고 먼저 선수를 친 거야. 이대로는 자신이 당할 것 같으니 악수를 둔 거지."

두 눈이 흉흉하게 빛난다.

"그래도 나는 그동안의 정이 있고 상계의 도의가 있어 무력은 되도록 쓰려 하지 않았건만! 감히 이렇게 나오시겠다, 이 말이지?"

가욕관에서는 갖가지 일이 많이 벌어진다.

독점, 탈세, 약탈, 공갈, 협박, 강도……

안 좋은 일이 워낙에 비일비재하게 일어나기 때문에 우환이 닥쳐도 어딘가에 하소연할 데가 없다. 도리어 그런 일이 벌어져 버리면 멍청하니 그런 꼴을 당했다며 조롱을 듣기 일쑤다.

하지만 이런 걸 예방하기 위해 들어가는 기회비용과 경비 지출이 너무 큰 출혈이기 때문에 용권상회가 만들어지고 나서는 그런 것들을 암묵적으로 서로 금지하기 시작했다.

다른 상단들이면 마음대로 후려쳐도 되나, 같은 상회의 식구에게는 손을 쓰지 말자.

하지만 그러한 규율을 깨 버렸다.

금와, 이 미친 영감이 결국 나이를 먹더니 치매라도 와 버린 모양이었다.

"그동안 내가 너무 물렁했어. 그렇지, 총관?"

"예? 예……!"

"무신련주에게 당장 연통을 넣어라."

야율재가 비릿하게 웃었다.

"진짜 제대로 된 게 무엇인지 보여 주자고."

*   *   *

화르르릭!

"불이다! 불이 났다!"

"빨리 물을 길어 와, 어서! 빨리빨리!"

한 상점에서 시작된 자그마한 불씨는 단숨에 점포를 잡아먹고, 옆에 있던 상점들로 옮겨붙으며 저잣거리 전체로 확산되기 시작했다.

사막 도시 특성상, 한정된 공간에 서로가 다닥다닥 붙어 있기 때문에 한 곳이 피해를 입으면 바로 옆으로 전가되기가 너무 쉬웠다. 하지만 이곳의 건물들은 중원의 집들과는 다르게 모두 귀한 나무가 아닌 가마에 구운 벽돌로 지어져 불이 쉽게 나지 않는다.

그런데도 불길은 도저히 걷잡을 수가 없이 번졌다.

"내, 내 물건이!"

"아이고, 아이고!"

한쪽에서는 자신의 가게가 불에 타는 걸 보고 바닥에 오열

을 하는 사람들이 있고,

"안 되네, 이 사람아! 그러다가 죽어!"

"하, 하지만! 저기에 아직 다 팔지도 못한 물건들이 있단 말이야! 놔!"

어떻게든 물품들을 꺼내 보려 애쓰는 사람들이 있었다.

무슨 물건이든지 돈이 된다는 소문이 퍼지면서 상인들은 너도나도 닥치는 대로 곳곳에서 물품들을 끌어들이기 시작했다.

누구는 빚을 내서 물건을 샀고, 또 누구는 물품을 팔아 번 돈을 다시 재투자해 다른 걸 샀으며, 또 다른 누구는 주변에 있는 공방과 장인들을 독촉해서 물건을 마구 찍어 냈다.

그런데 그렇게 악착같이 모은 것들이 송두리째 타 버리고 있었으니!

하지만 혼란은 이제부터가 시작에 불과했다.

금와의 저택 안.

간만에 소집된 동풍의 상인들은 저마다 목에 핏대를 세우며 고래고래 소리를 질러 대고 있었다.

"웅풍, 이것들을 당장에 결판을 내야 하오!"

"이대로는 못 있소. 자꾸 당하기만 할 것이오?"

"하지만 웅풍이 그랬다는 증거도 없……."

"어허! 지금 무슨 말을 하고 있는 거요! 상황이 이 사달이 났는데도 그들을 두둔할 거요?"

"두둔하는 게 아니라 주의를 하자는 이 말입니다."

"그게 두둔이 아니고 뭐요! 지금 피해를 입은 점포가 몇이며 재산을 잃은 상인들인 몇인데! 놈들의 무리 중에 웅풍의 놈들을 본 사람들이 있다는 목격자도 있소!"

"풍주, 결정을 내려주시오!"

"풍주!"

"풍주! 결단을!"

모든 상인들의 시선이 가장 상석으로 향한다.

그곳에 앉은 금와는 침중한 얼굴이었다. 하지만 나이에 걸맞지 않은 부리부리한 눈매는 무언가를 잔뜩 노리는 중이었다.

'야율재, 네놈이 결국 무덤을 파는구나?'

그는 벌어지려는 입가를 도무지 참을 수가 없었다. 하지만 눈을 시뻘겋게 한 채로 성을 내는 상인들의 눈이 있어 억지로 참아야만 했다.

과연 이들은 알까.

이것이 전부 자신이 내린 예측에 있었단 사실을.

'무슨 물건이든지 돈이 된다'는 생각이 가욕관 상계 전체에 폭풍처럼 휘몰아치면서 상인들은 자신들의 한계 이상을 노리기 시작했다.

장물아비들은 그동안 꼭꼭 숨겨 뒀던 물건들을 전부 꺼냈고, 돈에 눈이 돌아 버린 유목민들은 마적 떼를 가장해서 곳곳을 습격해 약탈을 시도했다. 그렇게 쟁여 놓은 물건은 비싼 값에 팔렸고, 또 그런 물건들은 더 비싼 값에 팔리며 계속 값어치가 눈덩이처럼 불어났다.

덕분에 가욕관의 물가는 하늘을 모르고 천정부지로 치솟기에 바빴고, 그만큼 상인들이 짊어지는 빚과 어음 또한 계속 불고 있었다. 그런데 여기에 한 방이 가해졌다.

약탈.

힘으로 빼앗기 시작한 이상 눈에 혈안이 될 것은 불에 보듯 뻔한 일.

한 번 생긴 혼란은 걷잡을 수 없이 커져 너도나도 칼부림을 하기에 바쁠 것이다. 금와는 이를 바탕으로 동풍의 세를 규합하고, 때를 노리다 부경패를 이용해 막대한 자금력으로 가욕관 상계에다 폭탄을 던져 버릴 심산이었다.

물가의 상승 뒤에는 폭락이 이어지기 마련. 그때를 노려 이들이 가진 빚과 어음을 모두 매수해 버린다면?

'동풍, 웅풍, 그 어느 것 하나 가리지 않고 내 손에 들어오게 된다!'

가욕관, 그 자체가 금와의 것이 되어 버린다.

용권상회?

상회가 무엇이냐. 그냥 개인 소유의 터가 되어 버릴 것인데.

'멍청한 것들. 제 관을 직접 짊어지고 무덤으로 걸어 들어가는지도 모르고 있겠지.'

그러려면 금와의 입장에서 지금의 혼란은 더욱 커져야만 한다. 이제 부경패는 아군이었던 이들에게도 최대한 숨겨야 하는 것이 되었다.

물론 어느 정도 편을 들어 주기는 해야겠지.

"눈에는 눈, 이에는 이. 당한 만큼 고스란히 갚아 줘야겠지."

"하면……!"

"이미 그런 건 걱정하지 않아도 될 것이야."

상인들의 눈동자가 빛을 발한다.

"생각해 둔 방안이라도 있으십니까?"

부경패는 말하지 못하더라도 이 정도는 말해서 기대감을 심어 주는 것이 좋겠지.

"무신련이 우리와 함께할 걸세."

"오오오오."

"과연!"

동풍은 무신련을 끌어들인 풍주의 수완에 모두 감탄을 터뜨리기에 바빴다.

"무신련이 우리와 함께할 겁니다."

그 시각, 야율재 역시 웅풍의 상인들에게 같은 말을 하고 있었다.

"역시나 풍주이십니다!"

"무신련이 우리를 돕는다면 이번 싸움은 우리가 이긴 것이나 마찬가집니다!"

야율재가 차갑게 웃었다.

"그러니 수단과 방법을 가리지 말고 동풍을 쳐 냅시다. 이곳 가욕관에서 기생충과 같은 저들 무리를 모두 솎아 버리는 겁니다."

그렇게 상계의 전쟁이 시작되었다.

*   *   *

동풍과 웅풍이 미친 듯이 싸우는 동안, 서풍은 서로 전전긍긍하기에 바빴다.

그렇지 않아도 세 개의 파벌 중에서 가장 세가 약한 그들로서는, 고래 싸움에 등이 터져 버리는 것이 아닐까 하는 우려가 많았다.

하지만 서풍의 주인, 홍모귀 여인 청하(靑夏)는 집사가 올린 보고서를 보고 깔깔 웃어 댔다.

"정말 불을 지펴도 제대로 지폈어. 그 두꺼비와 여우를 어떻게 이렇게까지 싸움을 붙일 수가 있지? 정말 솜씨를 배워 보고 싶은걸."

청하는 혀로 가볍게 입술을 축였다. 그 모습이 관능적이라 나이가 지긋한 집사도 움찔거릴 때가 한두 번이 아니었다.

"하지만 노심초사해하는 상인들이 많습니다."

"그래도 버티세요."

"하지만……."

"버티고 계속 버티세요. 아무리 위험하다 싶어도. 아무리 힘들다 싶어도. 지금은 버티는 사람이 이기는 싸움이니까."

청하가 빙그레 웃는다.

"그래도 나를 못 믿고 참지 못하겠다면 뛰어들라고 하세요. 붙잡지는 않을 테니."

"……."

집사는 입을 꾹 다물었다.

이것이다.

청하가 한낱 노예로 시작해 지금의 자리에 오를 수 있게 되었던 이유.

미모?

물론 그것도 한몫을 차지했을 것이다.

하지만 가장 큰 이유는 따로 있다.

인내.

그녀는 언제나 바짝 몸을 숙일 줄 알았다. 어느 누구의 눈에도 띄지 않고 숨기고 있다가 기회가 닥치면 단숨에 낚아채 삼켜 버린다.

"집사에게는 보이지 않겠죠. 이들 싸움을 누가 부추기고 있는 건지."

"무신련……이라고 생각하십니까?"

"물론요."

청하는 자신의 품속에서 호패를 하나 꺼내 책상에 던졌다.

툭.

부경패였다.

"아마 이와 같은 걸 다른 두 사람도 갖고 있을걸요? 저들은 자신들이 선택을 받았다고 생각하겠지만 이용만 당하고 있을 뿐이에요. 무신련은 용권상회가 가장 약해졌을 때를 틈타 단숨에 먹어 치우려 할 겁니다. 그러니 그때를 위해서라도, 우리는 우리의 것을 조금이라도 챙기기 위해서 꾹 참아야 해요. 당장은 힘들지라도."

"어떻게 그런 게 가능할까요?"

지금 가욕관 상계에 쏟아지는 자금은 상상을 불허한다. 웅풍과 동풍은 서로가 무한한 금고를 지녔으니 가능하다고 생각하지만, 제삼자의 입장에서 봤을 때는 도저히 말도 안 되었다. 너무 말도 안 되게 돈이 풀렸다.

"포천부경의 금고니까요. 포천부경이니까 가능한 거예요. 우리 같은 한낱 품팔이들이 그 양이 얼마나 될지 생각해서는 안 되는 거예요."

"대단하군요."

"대단하죠. 지금 이 방식은 오로지 포천부경만이 가능할 테니까요. 그러니 우리는 다른 방식으로 점수를 땁니다. 지시했던 것은 어찌 되었나요?"

집사가 고개를 숙였다.

"사냥꾼들이 있으리라 예상되는 곳을 두어 곳 찾았습니다."

"그럼 그곳들을 무신련주께 전해 드리도록 하세요. 그것이라면 아주 흡족해할 테니."

어쩌면 용권상회를 먹고 난 후, 그 책임자로 저를 앉혀 줄지도 모르는 일이지요. 청하는 그 속내까지는 밝히지 않았다.

집사는 고개를 끄덕이는 대신에 볼을 긁적였다.

"한데, 그것이……."

"왜? 문제라도 있나요?"

집사는 무겁게 고개를 끄덕였다.

"한 장소가 회주님의 땅입니다."

"뭐라고요?"

청하의 눈이 처음으로 커졌다.

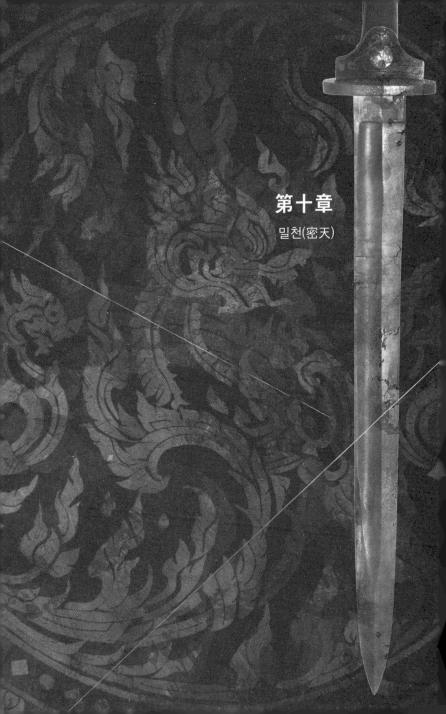

第十章

밀천(密天)

용권상회의 회주는 가욕관 상계에서 살아 있는 전설적인 인물이었다.

한낱 보따리 상인에서 시작해서 자신과 비슷한 처지인 상인들을 모아 연합을 만들고, 이를 바탕으로 수많은 상단들을 굴복시켜 지금의 상회를 만들어 냈으니.

다만, 그는 나이가 들면서 후계에 별다른 관심을 두지 않았다.

그저 자신의 집에 틀어박혀 평소 관심이 많던 공학에 관심을 두어 수차(水車)나 도르래 따위를 연구하거나, 이따금 집에서 나와 주변을 유랑하는 게 전부였다.

그런데 회주의 사유지에 사냥꾼들이 나타난다?

"지금 회주님은 어디에 계시지?"

"얼마 전에 여행을 가셨다가 돌아오시곤 여독을 풀고 있다 알고 있습니다."

"상황이 이 지경이 되었는데도 그런 여유이신가."

회주가 나선다면 제아무리 금와와 야율재가 앞뒤를 분간하지 못한다고 한들 지금처럼 날뛸 수 있을까.

하지만 회주는 근래 오로지 상계의 일에 철저히 방관만 하고 있다. 자칫 자신이 평생을 들여 만든 상회가 무너질 수 있는데도 불구하고.

청하는 길게 한숨을 내쉬었다.

생각만 할수록 갑갑할 뿐이었다.

"어쩌시겠습니까? 회주님을 만나시겠습니까?"

"일단은. 그럼 다른 후보지는 어디지?"

"고비 사막입니다."

"기련산을 넘어서 있는 곳이잖아. 그곳은 아닐 거야. 그렇게 멀다면 굳이 이곳까지 올 필요는 없을 테니."

고비 사막은 만리장성을 따라 쭉 길게 이어진다. 그럴 거면 굳이 장성을 넘으면 되지, 험난한 기련산을 탈 필요는 전혀 없다.

청하는 자리에서 일어났다.

"우선 회주님께 가 보자."

* * *

청하는 여러 호위무사들을 대동하며 회주의 장원으로 이동했다.

"난리가 아니군요."

혼란의 양상은 곳곳에 남아 있었다.

언제나 사람들로 북적거리던 대로가 텅 비어 버렸으니.

상단의 행렬은 평소보다 절반 이상으로 줄어 버렸고, 노점상이며 점포들은 모두 문을 걸어 잠갔다.

이따금 마주치는 사람들은 청하를 알아보고 고개만 살짝 숙일 뿐, 경계 어린 눈초리를 잔뜩 보냈다.

서풍도 언제 끼어들지 모른다는 뜻이다.

흉흉하기 짝이 없는 분위기를 보면서 청하는 인상을 잔뜩 찡그렸다.

"이대로 지속되었다가는 상계 자체가 무너질지도 모르겠는걸요."

청하가 가장 우려하는 점이 바로 이것이었다.

서로 간의 불신이 커진다면 분쟁이 끝나 버려도 다시 관계를 회복하는 데 얼마나 많은 시간이 걸릴 텐가. 그리고 그 시간 동안 발생할 사회적 비용은 어떻고.

생각을 하면 할수록 머리만 지끈거리며 아파 온다.

일단은 버텨야 한다는 생각에 버티고는 있지만, 가욕관이 완전히 무너지고 나면 살아남는다고 한들 무슨 이득이 있을 텐가.

도대체 무신련은 뭘 꾸미려는 걸까?

용권상회를 차지하고 싶어 하는 욕망은 알겠지만, 이렇게 다 망가진 것을 가져가 봤자 무슨 이득이 된다고?

어쩌면 회주가 답을 줄지도 모른다는 생각이 들었다.

"도착했습니다."

회주의 장원은 장원이라고 하기엔 조금 소박했다.

마당에 연못이 있고 별채 두어 개가 있는 것이 전부인 저택.

물론 빠오(유목민들의 천막)가 전부인 유목민들이 봤을 때는 그것만 하더라도 엄청난 사치일 테지만, 천금을 소유한 사람의 집치고는 너무 한산했다.

'언제 강도가 들지도 모르는데 호위 병력조차도 거의 없어.'

청하가 작게 중얼거릴 무렵, 집사가 장원 안쪽으로 기별을 넣었다.

그런데 하인이 머뭇거리더니,

"지금 주인 나리께서는 손님들을 만나고 계시어서…… 혹 나중에 다시 찾아오시면 안 되겠습니까요?"

'손님?'

언제나 집에 박혀서 나오지 않던 양반이?

청하는 무언가 있다는 생각이 번뜩 들었다. 그래서 눈짓으로 의견을 묻는 집사에게 고개를 살짝 젓는 것으로 대답을 대신했다.

집사가 잔뜩 인상을 찡그린다.

"지금 이곳에 계신 분이 누군지 몰라서 그러는 것인가! 이번 사태 때문에 회주님께 긴히 드릴 논의가 있다고 전해 드리게! 손님이 계신다면 한 시진이고 두 시진이고, 설사 하루가 된다고 하더라도 기다릴 테니!"

하인은 자라목이 되어 고개를 끄덕였다.

"아, 알겠습니다요."

하인은 후다닥 안쪽으로 들어갔다.

잠시 후, 하인은 조금 살겠다는 표정이 되어 돌아왔다.

"주, 주인 나리께서 지금 뵙겠다고 하십니다요."

"지금?"

"예이."

청하와 집사는 다시 잠시간 눈이 마주쳤다.

손님이 있어서 거부를 했다가 다시 만난다?

갈수록 이상해지는 것 같았지만 어쩔 수 없이 안쪽으로 이동한다.

잉어가 살고 있는 자그마한 연못 옆을 가로질러 단숨에 별채 쪽에 도착한다.

하인이 밖에서 서풍주를 모셔 왔다는 말을 하자, 곧 들어오라는 허락이 떨어졌다. 청하는 하인이 조심스럽게 열어 준 문 안쪽으로 들어갔다.

"허허허허. 어서 오게, 청하."

인상 좋은 장년인이 일어나 청하를 반갑게 맞는다.

하지만 청하는 안으로 들어서는 순간 몸이 뻣뻣하게 굳어 버리고 말았다.

'이 사람들이 어떻게!'

회주가 만나고 있는 사람들은 청하가 그토록 찾아 헤맸던 사냥꾼들이었다.

그런데 사냥꾼들의 인상이 평상시와는 달랐다.

날카롭고 차가운 분위기가 밑바닥부터 흐른다.

마치 영역을 침범당한 맹수들이 눈에 불을 켜고 적을 쫓아내기 위해 호시탐탐 기회를 노리는 것처럼.

청하는 숨이 턱하고 막혔다.

등 뒤로 식은땀이 흐른다.

'무신련주가 찾던 사람은 회주였어!'

그런 생각이 문득 든다.

자신은 혹시 지금 무신련주와 회주, 둘의 고래 싸움에 끼어든 새우가 아닌가 하고.

남들은 동풍과 웅풍의 싸움에 서풍이 나가떨어지는 것이 아니냐고 우려했지만, 실상은 전혀 그런 것이 아니었다.

특히 한평생 여러 사람들을 만난 청하의 눈에 있어 사냥꾼들은 이제 그냥 사냥꾼이 아니었다.

흉포한 기질을 지닌 마인(魔人).

진득한 살기가 가득 묻어난다.

"그렇지 않아도 때마침 자네의 이야기를 하고 있었는데 말일세."

"……."

"뭘 하고 계시나? 적당한 자리에 앉으시게."

이곳에서 도망칠 구석 따윈 어디에도 없다.

청하는 아랫입술을 질끈 깨물더니 당당한 발걸음으로 빈자리에 착석했다. 이렇게 된 이상 주눅들지 말고 어깨를 펴자는 생각에서였다.

회주의 입꼬리도 말려 올라간다. 과연 서풍주, 라고 중얼거리는 혼잣말이 들린다.

사냥꾼들은 청하를 보다가 다시 회주 쪽으로 시선을 돌렸다. 마저 하던 이야기를 하라는 식으로 채근한다.

회주가 입을 열었다.

"형제들이 여태 보았듯, 무신련주는 우리더러 밖으로 나오라며 아예 대놓고 시위를 하고 있다네. 이를 어떻게 하면 좋을 까?"

쾅!

성격이 다급해 보이는 사냥꾼이 탁상을 세게 내리친다.

"어쩌긴 뭘 어쩐단 말이오! 놈은 우리 형제들을 해한 원수 요! 뒤도 돌아볼 것 없이 쳐야지!"

옆에서 삐쩍 마른 사냥꾼이 되받아친다.

"무슨 힘으로?"

"무슨 힘이긴! 지금 진내에 있는 애들을……!"

"이제야 갓 어린애 티를 막 벗은 애들을? 그들이 죽어 버리 면? 우리는 다신 차후를 기약할 수 없다."

"이미 교주가 죽은 마당에 그딴 게 다 무슨 상관이야!"

"할 말이 있고 안 할 말이 있다. 닥쳐라. 혁만(赫灣)."

"뭣이?"

혁만이라 불린 성격 다급한 사냥꾼이 맞은편에 있던 자를 금방이라도 때릴 것처럼 벌떡 일어선다.

하지만 상대방의 낯은 싸늘하다.

"우리는 지난 누천년 동안 여러 왕조를 거듭하며 박해를 받 아 왔다. 그런데도 그때마다 살아남았지. 왜인가? 남들이 비 렴(바퀴벌레)이라며 손가락질을 하고 비웃는데도 그랬던 이유 가 무엇이었나?"

"……."

"후손을 남기고자 하는, 아이들을 어떻게든 살려 보고자 노력했던 선조들의 뜻이 있었기 때문이었다. 그런데 뭐? 무슨 상관이냐고?"

고오오오오오!

사냥꾼의 쭉 찢어진 눈빛이 빛을 발하는 순간, 막대한 기풍이 사방으로 휘몰아친다.

청하는 금방이라도 숨이 넘어갈 듯이 얼굴이 시퍼렇게 질리고 말았다. 다른 사냥꾼들도 입을 꾹 다물며 고개를 숙인다. 벌떡 일어났던 혁만은 부들부들 떨었다. 식은땀이 홍수처럼 쏟아지고 있었다.

"네놈이야말로 뒈지고 싶은 거냐?"

원한다면 당장 이 자리에서 목을 잘라 주마, 그런 느낌이 잔뜩 풍긴다.

살벌한 기세가 도무지 가시질 않자, 회주가 손을 뻗어 그를 말렸다.

"이만하시게나. 혁만도 욱해서 그렇게 말한 것이지, 정말 아이들을 위험 속으로 내몰자고 했던 말이겠나?"

"……."

"손님이 오신 자리네. 추태를 보이지 말게."

"……죄송합니다."

그제야 사냥꾼은 기세를 거둬 들였다.

거짓말처럼 상쾌한 바람이 찾아온다. 혁만은 힘을 잃고 제자리에 털썩 주저앉고, 청하는 한 손으로 입을 막아 헛구역질을 억지로 참았다.

"하면 도강(導剛), 자네의 뜻은 어떤가?"

도강은 숨을 크게 들이켰다가 내쉬며 대답했다.

"여태와 똑같이 해야 한다고 생각합니다."

"숨어야 한다?"

"예."

"하긴 우리가 숨는다면 저들이 무슨 재주가 있어 다가올 수 있겠나. 하지만 말일세."

회주는 말꼬리를 길게 끌다가 멍하니 천장을 쳐다보며 중얼거렸다.

"놈들이 정말 신을 모시고 있다면 어찌해야 할까?"

"……."

"……."

순간, 그들은 모두 입을 꾹 다물었다.

사실 그들은 위험하게 이 자리를 가질 필요도 없었다.

그런데도 모인 이유는 간단하다.

무신련이 사신을 통해 전달한 소식.

천마의 혼을 돌려주겠다.

이 말 한마디는 일족 전체를 휩쓸었다.

이제는 더 이상 종교로서의 과업을 이을 수가 없는 건가, 하고 자신들의 운명을 한탄하던 순간에 내려온 단비와도 같은 소식이었다.

"그 말…… 믿을 수 있겠습니까?"

"창붕, 그놈은 무신과 함께 우리에게 씻을 수 없는 치욕을 준 원수이긴 하나, 절대 거짓을 논할 사람은 아닐세."

"하지만 저들을 안으로 받아들였다가는……!"

"모든 것이 끝나 버릴 수도 있겠지."

"……."

회주는 담담한 눈빛으로 청하를 돌아보았다.

"그래서 이 아이를 굳이 언급한 것이라네. 우리와는 전혀 관련이 없는 아이이면서 살아온 생은 우리와 너무나 비슷한, 그런 아이의 시각이라면 결론이든 참고든 무슨 도움 되는 말을 해 주지 않겠는가?"

모두의 시선이 청하에게로 향한다.

청하는 침을 꼴깍 삼켰다. 식은땀이 뺨 위를 흐른다.

여기서 대답을 잘못하면 죽는다는 생각이 자꾸만 든다.

하지만 청하가 느끼는 압박과 다르게 회주는 가볍게 미소만 지을 뿐이다.

"자네의 명석한 머리라면 우리가 누군지 대충 짐작은 했을 터이고. 어떤 충고라도 해 주지 않겠나?"

밀천. 그 단어가 청하의 머릿속을 스친다.

예전에 본 적이 있다.

과거 대라종이 무신에 의해 크게 무너지고 남은 잔당들이 기련산으로 스며들어 사라진 적이 있다고.

그들이 대대로 천 년간 하나의 신을 떠받드는 종교 집단의 씨앗이라고.

하지만 어디까지나 사막 바람을 타고 흐르는 전설이겠거니 여겼던 것이, 바로 눈앞에 있었다. 전혀 예상치 못했던 방식으로.

그러면서 그런 생각이 들었다.

회주의 말대로 자신과 이들의 삶은 너무나 비슷한 것 같다고.

살아남기 위해 발버둥 치고, 악착같이 물고 버텨 이겨 내어 어떻게든 빛을 보려고 한다.

지금 여기선 계산이 하나라도 섞여선 안 된다.

최대한 조심스럽게. 진심을 담아서.

"……저는."

그녀가 입을 열려는 그때,

"주인 나리!"

갑자기 밖에서 예의 처음 청하를 맞았던 하인의 목소리가 울렸다.

회주는 청하의 입을 막고 물었다.

"왜 그러나?"

"지, 지금 밖에……!"

하인이 비명을 지른다.

"무신련이 와 있습니다!"

"……!"

"……!"

"……결국 들키고 말았군."

회주의 입가에 씁쓸한 미소가 맺혔다.

'대체 어떻게?'

청하는 화들짝 놀라 집사를 돌아봤다.

집사는 씁쓸하게 웃으며 고개를 절레절레 흔들었다. 자신도 전혀 모르겠다는 의미다.

그는 청하가 특별히 고른 고수다.

신주삼십육성에 속한 자로, 살존에는 미치지 못하지만 한때 귀영신(鬼影神)이란 별호로 명성을 날린 적이 있을 만큼 뛰어난 살수이니 누군가가 그들의 뒤를 밟는다는 것은 절대 있을 수 없는 일이었다.

하지만 이곳을 무신련이 알았다는 것은 자신의 뒤가 여태 놈들의 눈에 있었단 뜻이 아닌가!

쾅!

"어르신! 절 내보내 주십시오!"

혁만이 탁상을 세게 내리치며 벌떡 일어난다. 두 눈이 살기로 일렁거린다.

회주가 딱딱하게 굳은 얼굴로 그를 쳐다봤다.

"여태 도강과 내가 했던 말을 뭐로 들은 것이냐? 함부로 나댔다가는 아이들이 모두 다친 데도!"

"하지만 그것과 지금은 다르지 않습니까! 무신련이 이미 여기까지 접근했다면 아예 작정을 하고 왔단 뜻일 텐데! 이렇게 무참하게 당하실 생각이십니까?"

혁만은 마치 이골이 잔뜩 난 황소처럼 콧김을 거칠게 내뿜었다.

"일검백영(一劍百影)만 제게 내주십시오. 당장 무신련주, 그 시건방지기 짝이 없는 애송이 놈의 모가지를 잘라 올 테니."

회주가 무어라 말을 하려는 찰나,

"아, 안 됩니다! 안에는 회주께서 회의를 하고 계십니……!"

"자세한 건 내가 이야기를 드릴 테니 걱정 마시오."

쾅!

문이 활짝 열리며 일련의 무리가 나타난다.

무성을 비롯한 조철산과 석대룡, 세 사람이었다.

'무신련주!'

청하는 객잔에서 만났던 무성을 발견하고 기겁을 하고 말
았다. 정말로 나타날 줄이야.

무성 역시 청하를 발견하고 살짝 웃으며 목례를 취한다. 마
치 고맙다고 인사를 건네는 것처럼.

덕분에 청하는 사방에서 쏟아지는 사냥꾼들의 진한 살기를
감내해야만 했다.

"일검백영이라 하였소? 만약 이곳 장원을 암중에서 보호하
던 이들이라면 신경 쓰지 마시오. 지금쯤이면 모두 제압이 되
었을 것이니."

사냥꾼들이 벌떡 일어난다. 그들은 경악을 하며 무언가를
찾기 위해 기감을 주변으로 뿌렸지만 아무것도 찾을 수가 없
었다. 안색이 창백해진다.

이미 이곳 장원은 무신련에 의해 제압된 것이나 마찬가지였
다.

"대체 언제……!"

"제압이 꽤나 힘들었던 모양이오. 그래도 너무 걱정은 마시
오. 경상을 입은 사람은 있으나, 중상자나 사망자는 없으니."

무성이 가볍게 웃는다.

"한데, 뜻하지 않았어도 손님은 손님인데 언제까지 이렇게

계속 세워 두실 요량이오? 용권상회주."

회주는 꿈틀거리는 관자놀이를 검지로 꾹 누르고는 하인에게 시켜 손님의 숫자에 맞게 의자를 갖고 오라고 지시했다.

곧 하인이 부리나케 의자를 갖고 와 문가에 놓았다.

무성이 중앙에, 좌우에 각각 조철산과 석대룡이 앉았다.

조철산은 팔짱을 낀 채로 다른 숨겨진 게 없나 별채 내부를 꼼꼼하게 살피고, 석대룡은 한 손을 허리춤에 매단 도병에 갖다 대며 사냥꾼들에게 냉소를 흘렸다. 해 볼 테면 얼마든지 해 보아란 뜻이었다.

사냥꾼들은 당장이라도 그들에게 달려들 태세였지만, 회주가 손을 뻗어 제지했다.

회주가 차갑게 무성에게 물었다.

"여기까진 어떻게 찾아오셨나?"

"부득이하게 서풍주의 그림자를 밟았소."

"하면 다른 풍주들에게도?"

"당연히 붙였지."

"원래 있던 그림자들은?"

"아직도 있을 거요."

"하!"

회주가 어이가 없다는 듯이 탄성을 터뜨리더니 고개를 절레절레 흔들었다.

"재주가 좋은 친구들이로군."

"귀병가라는 내 식솔들이오."

"식귀인지 뭔지 하는 친구도 제법 입심이 좋았지. 그런데 실력도 이 정도일 줄이야."

"칭찬, 감사하오."

청하는 두 사람의 대화에서 두 가지를 추론했다.

한 가지는 그동안 회주가 칩거를 했다는 소문과 다르게 풍주들에게 언제나 감시의 눈을 붙이고 있었다는 것.

또 다른 한 가지는,

'그런 눈들을 무신련주가 따돌렸다는 것.'

어느 걸 보더라도 두 사람은 인간처럼 보이지 않았다.

"원하는 게 무엇인가?"

"밀천으로의 입행(入行)."

"거절한다면?"

"이곳을 치고 용권상회에 눌러앉아야겠지."

협박이다.

혁만이 금방이라도 일어날 듯이 얼굴을 붉히며 한 마디 쏘아붙이려고 했지만,

"이봐, 젊은 친구. 우리도 그동안 먼 길을 오느라 수고가 너무 많아서 피곤해 죽겠거든? 날뛰려면 얼마든지 날뛰어 봐. 대신에 다 덤벼. 돌아가면서 싸우면 더 피곤해지니까 말이야."

석대룡이 진득한 살기를 흘리며 으르렁거린다.

그가 내뿜는 기세 역시 절대 만만치가 않아서 아직 칼을 뽑지 않았는데도 불구하고 벌써 뽑아 버린 것만 같은 착각이 들 정도였다.

혁만, 도강을 비롯한 사냥꾼들은 억지로 분노를 삭여야만 했다.

석대룡 하나만 하더라도 그들이 감당할 수 있는 깜냥이 절대 아니었다.

회주는 이미 분위기가 완전히 저쪽으로 넘어가 버린 걸 알아차리고는 가볍게 한숨을 내쉬었다.

"허락한다면?"

"약속대로 천마의 혼을 주겠소."

"그것이…… 정말인가?"

"거짓말을 할 이유는 없지 않소?"

"안 할 이유도 없지. 황실의 박해에서 살아남으려면 무엇이라도 해야 하지 않겠나?"

회주는 무성이 거짓말을 할 사람이 아니라고 여겼지만 그래도 사람이 궁지에 몰리면 무슨 일을 저지를지 전혀 모르는 일이었다.

"하면 여기서 보여드리지."

무성은 가볍게 숨을 고르고는, 별안간 눈을 크게 떴다.

그러자 갑자기 석대룡과 여러 사냥꾼들이 흘려 대던 기세가 촛불처럼 훅 꺼져 버리고, 막대한 기류가 사방으로 휘몰아치기 시작했다.

파스스스스.

기류는 마치 어둠처럼 새카만 색을 띠기 시작하더니 무성의 머리맡으로 뭉쳐 들며 하나의 형상을 띴다.

일렁거리는 그림자.

하지만 그 사이로 번뜩이는 악귀의 형상.

아수라의 모습이 살짝 엿보인다.

"꿇어라. 나의 권속들아."

『꿇어라. 나의 권속들아.』

분명 무성이 말을 했는데도 불구하고, 그 위로 또 하나의 음성이 더 겹쳐진다.

순간 사냥꾼들은 뒤도 돌아보지 않고 부복하며 고개를 조아렸다. 회주도 그 뒤를 따랐다.

"천마를 배알하옵니다."

"천마를 배알하옵니다."

무성의 눈이 시커멓게 내려앉는다. 무성이 잠시 자리를 양보해 주자, 그 자리를 천마가 내려앉으며 무성의 입을 빌려 말한다.

"묻겠다. 어찌 나를 받아들이는 걸 거부하였느냐?"

회주가 대신 대답했다.

"당신께서 진짜라는 걸 확신하지 못하였기 때문이옵니다."

"내가 진짜인지 몰랐다?"

"저희는 더 이상 속세에 관여하길 원하지 않았사옵니다. 이미 모든 걸 버리고 후손들만을 지켜야 한다고 생각하였기에……."

"언젠간 내가 눈을 뜨게 되면 돌아올 것이라 믿었다, 이 말인가?"

"그렇사옵니다."

"마음에 드는구나."

무성, 아니, 천마가 웃는다.

"너, 나의 아이야."

"말씀하시옵소서."

"나는 너희들이 있기 때문에 지금까지 살아남을 수 있었고 다른 이들은 보지 못할 미래를 꿈꿀 수 있었다. 나는 언젠가 사라질지 모를지언정 너희들만 있다면 언제든지 부활을 할 수 있음이니."

회주가 고개를 숙인다.

"그러니 내 묻겠다. 아이야, 너의 이름이 무엇이냐? 너에게선 아주 익숙한 향이 풍기는구나."

"아주 잠깐이나마 신을 모실 수 있는 성은을 입은 적이 있나이다."

쿠쿵!

청하의 심장이 덜컥 내려앉았다.

가뜩이나 대라종이 모신다는 신을 자처하는 이상한 게 나와서 의심만 살 뿐인데, 거기다 자신이 전대 교주였노라고 밝히기까지 하다니!

조철산과 석대룡도 두 눈을 부릅떴다. 이유명 이전의 야별성주. 혹은 대라종주. 죽은 줄로만 알았던 존재가 이곳에 있을 줄이야.

전전대의 대라종주는 천하를 노리다 무신의 손에 목이 달아났기 때문에 후대에는 어떻게 계승이 되었는지 여태 전혀 모르고 있었다.

천마가 묻는다.

"하면 이들에게 길을 열어 줄 것이냐?"

"뜻대로 하시옵소서."

"그대의 뜻대로 하라."

"뜻이 그러시다면……."

신실하게 대답을 하던 회주가 번쩍 고개를 든다.

순간, 좌중을 따라 위엄이 잔뜩 흐른다.

무신 백율과 기왕처럼 수만 명이나 되는 존재들을 다스리고 천하를 경영할 자격을 갖춘 자들만이 가질 수 있는 패기가 물씬 풍긴다.

청하는 어째서 회주가 오늘날의 용권상회를 만들어 낼 수 있었는지를 절실히 알 수 있었다.

"묻겠노라, 무신련주여."

"말하시오."

천마가 사라지고, 다시 무성이 나타나 대답한다.

"그대는 지난 삼십여 년간의 꿈을 깨 버린 우리의 원수이다. 하나, 지금은 신을 받드는 은총을 입은 몸이 되어 우리 앞에 섰다."

"그렇소."

"하면 그런 네가 나를 비롯한 우리 밀천을 감당할 그릇이 되겠느냐?"

"……!"

"……!"

그의 말에 조철산과 석대룡은 입을 쩍 벌리며 놀라고,

"그게 무슨 말씀이십니까, 어르신!"

"원수에게 천주의 자리를 맡기자니요! 제정신으로 하시는 말씀이십니까!"

혁만을 비롯한 사냥꾼들은 비명을 지른다. 회주의 편을 계속 들던 도강 역시 전혀 생각지도 못한 질문에 얼굴을 붉히며 크게 반발했다.

"하하하하하하! 역시 나의 아이로구나! 하하하하하!"

천마만이 무성의 입을 빌어 웃음을 터뜨릴 뿐.

하지만 회주는 주변의 반응 따윈 전혀 신경도 쓰지 않았다.

그저 묵묵히 무성을 바라보기만 할 뿐이다.

어쩔 것이냐.

서로 원한이 짙었던 우리를 모두 포용할 수 있느냐?

회주는 그렇게 물었다.

무신련에게 지금 가장 필요한 것이 마음 편하게 쉴 수 있는 쉼터이듯, 야별성에게도 필요한 건 자신들을 후대에까지 똑바로 이끌어 줄 수 있는 수장이었다. 그런 뜻에서 회주는 자신의 그릇이 너무 부족하다고 여겼다.

무성은 곰곰이 생각을 하다가,

"하겠소."

고개를 끄덕였다.

너무나 간단히 내리는 대답에 모두의 눈이 경악에 잠긴다.

회주의 입가가 벌어진다.

"그렇다면 자격을 보여라."

"어떻게?"

"황제가 되어라."

무성의 인상이 딱딱하게 굳었다. 여태 평온하기만 했던 그의 얼굴과는 전혀 다른 모습이다.

황제가 되어라?

그것이 의미하는 바는 간단하지 않은가.

역천(逆天).

국명(國名)을 바꾸고 국성(國姓)을 '진' 씨로 바꾸란 뜻이었다.

"대체 무슨 말을 하는 것이오?"

도리어 회주가 고개를 갸웃거린다.

"왜? 못한다는 것이냐?"

"가능할 리가 없잖……!"

"그 길이 아니면 그대들이 살아남을 수 있겠는가?"

"……!"

무성의 눈이 커진다.

회주가 비웃음을 날렸다.

"지금의 황제를 치우고 황좌를 찬탈하지 않는다면 그대들이 일어설 자격이 있겠느냐 묻는 것이다. 기왕? 그가 얼마나 대단한 그릇을 지니고 있을지는 모르겠으나, 결국 슬하에 아들이 없으니 언젠가 분란이 생길 것은 자명할진데. 그때 가서 무신련이 무사할 수 있을까?"

"……."

"사실대로 말하지. 우리 종교는 오래전부터 역천을 꿈꿔 왔다. 세상을 뒤집어야만 지금과 같은 핍박받는 생활이 겨우 끝날 것이라 믿었기 때문이다."

회주가 말을 잇는다.

"내가 요구하는 자격은 하나다. 국성을 진씨로 바꾸고, 국교(國敎)를 본 교로 하라. 그런다면 얼마든지 그대들을 도와줄 것이되, 불가능하다면……."

회주는 사냥꾼들을 돌아보았다. 사냥꾼들은 그의 속뜻을 읽고 무겁게 고개를 끄덕였다.

"여기서 당장 우리를 죽여라. 그대라면 별반 어려울 것도 없지 않은가?"

회주는 이미 무성이 품고 있는 힘을 읽었다.

그가 나선다면 자신들은 어떻게 나설 새도 없이 목이 달아나리라.

하지만 차라리 그게 나을 수도 있었다.

바깥과의 연결 고리가 끊어진다면 밀천의 자식들이 외부로부터 단절되어 편하게 살 수 있을 테니.

당분간은 필요한 양식과 물품을 제공받지 못해 분란이 생길 테지만, 그래도 외부의 위험에 노출되는 것보다는 훨씬 나았다.

무성은 회주의 눈을 응시했다.

"당신들이 꿈꾸는 세상이란 어떤 곳입니까?"

"차별이 없는 세상. 모두가 웃을 수 있는 세상. 약자가 존경을 받는 세상. 강자가 마음이 넓은 세상."

"그런 곳이 가능하겠습니까?"

"가능하기 위해 그대도 검을 들었던 게 아닌가?"

"……"

무성은 눈을 감았다.

협(俠).

언젠가 들었던 한마디가 머릿속에서 떠오른다.

"묵가라고 아십니까?"

"춘추시대에 유행했던 사상 중 하나가 아닌가?"

회주는 흡족한 미소를 띠었다.

"유가니 상가니 종횡가니 하는 것들은 오로지 통치만을 이야기할 뿐, 겉으로는 그럴듯해 보이나 백성들의 목소리를 들은 것은 하나도 없었지. 하지만 묵가는 다르다. 겸애. 모두를 사랑하는 말만큼이나 옳은 말이 어디 있겠는가?"

"저는 그곳의 마지막 남은 전인입니다."

"호오?"

회주가 묘한 눈빛을 띤다.

"저는 그런 세상을 열고 싶습니다. 그렇다면 대답이 되었겠습니까?"

돌려서 말한다.

회주가 씩 웃었다.

"그것이면 충분하네. 그리고 마지막으로 한 가지 더."

회주는 무성의 눈을 똑바로 응시했다.

"본 교와 무신련 사이에는 도저히 메울 수 없는, 지난 삼십 년간의 악연의 골이 있음이니. 그것을 극복해 내지 못한다면 아무것도 이루지 못할 것이다."

"알고 있습니다."

"그렇다면 충분하다."

회주는 길게 숨을 내쉬고는, 한쪽 무릎을 땅에다 짚으며 고개를 숙였다.

"새로운 교주를, 종주를, 천주를 배알하나이다."

적막이 흐른다.

사냥꾼들은 이를 악물었다.

천마의 혼을 품고 있다는 사실만으로도 이미 무성은 그들의 수장이 되기엔 충분한 자격을 지녔다. 모시는 신의 선택을 받았단 뜻이니.

하지만 머리는 이해를 해도 마음은 따라 주질 못한다.

무성 때문에 죽은 동료와 형제들이 한둘이 아니었으니.

하지만 고개를 숙인 채 꿈쩍도 않는 회주가 주는 무언의 압박에 그들도 결국 고개를 숙일 수밖에 없었다.

"천주를……."

"천주를 배알하나이다."

그 말과 함께 천마혼이 허공에 흩어져 사라졌다.

스스스스……

『재미난 결과가 나오겠군.』

천마의 목소리가 무성의 머릿속에 아주 짙게 남았다.

회주가 고개를 든다.

"하면 첫 명령을 내려 주시지요."

입가가 살짝 미소를 짓는다.

하지만 무성은 이것이 회주가 자신의 그릇과 자질을 시험하겠다는 뜻임을 깨달았다.

그는 사부를 떠올렸다.

무신 백율은 감히 무신련에 도전장을 던졌던 귀병가와 방효거사를 용서해 주고, 도리어 이를 이용해 지난 세월 동안 경직되었던 조직에 썩은 부위를 도려내고 방효거사를 등용해 큰자리를 내주었다.

"나는 한번 믿으면 끝까지 믿는다네."

그때 방효거사에게 던졌던 한마디는 무성에게 커다란 하늘로 다가왔으며, 묵직한 화인으로 남았다.

그렇다면 무신련과 야별성의 지난 갈등을 해소해야 하는 단계에서 첫 매듭이 중요하지 않겠는가.

무성은 품에서 부경패를 꺼내 탁상에 얹었다.

하지만 청하가 갖고 있던 것과는 전혀 달랐다.

청하가 가진 것이 은으로 세공되어 화려한 빛을 자랑한다면, 이것은 같은 무늬더라도 다 낡아 빠진 나무로 만든 것이었다.

누가 보아도 쉽게 복제할 수 있을 것 같은 패.

하지만 청하는 놓치지 않았다.

회주의 눈가가 일렁거리는 것을.

"이것이 답입니까?"

"그렇소. 이것을 내어 드리겠소."

"하! 하하하하! 하하하하하하!"

회주가 천장을 향해 앙천대소를 터뜨린다. 한참 동안이나. 청하를 비롯한 사냥꾼들은 저깟 낡아 빠진 목패가 무엇인지 의아해하는 얼굴이 되었다.

회주가 비릿하게 입꼬리를 말아 올린다.

"이것을, 감당하실 수 있으시겠소?"

"난 한번 믿으면 끝까지 믿으오."

"그런 문제가 아닐 텐데? 이것만 있으면 본 교가 십 년, 아니, 오 년 안에 그대들은 물론, 천하를 잡아먹을 수 있을지도 모르는데?"

사람들의 눈이 커진다.

대체 저 목패가 무엇인데 천금을 지닌 회주가 이렇게 놀란 단 말인가!

부경목패.

그것은 포천부경 방효거사의 상징이나 마찬가지다.

가까운 수하들에게도 나눠 주곤 하는 은패와 다르게, 오로 지 자신만이 가질 수 있다. 이것이야말로 방효거사의 후인(後人)을 자처하는 상징인 것이다.

그것을 내준다?

용권상회를 통해 가욕관의 상계를 통제하는 회주에게 부경 목패까지 더해진다면.

그 후의 결과는 짐작조차 하기가 힘들다.

막말로 밀천이 다시 대라종과 야별성 때의 힘을 되찾는 것 도 무리는 아닌 것이다.

"그 정도는 주어야 밀천에서도 날 믿어 주겠지."

"후후후후후."

회주는 낮게 웃으며 무성을 똑바로 쳐다봤다.

"무신을 따라하시는군."

"그분의 업을 잇는 게 내 삶의 목적이자 수단이니."

"비록 그자를 따라하는 것이 마음에는 들지 않지만…… 좋 소. 받아들이지."

회주는 부경목패를 수거할 때까지도 시선을 놓지 않았다.

"후회하게 될지도 모릅니다."

"하면 내 눈이 틀리지 않았다는 걸 보여 주시오."

"시험을 내려다가…… 도리어 내가 시험을 보게 생겼군. 참으로 기가 막혀!"

회주는 고개를 절레절레 흔들더니 수거한 부경목패를 갑자기 청하 쪽으로 던졌다.

"받거라."

"어? 헙!"

청하는 화들짝 놀라 그것을 받았다. 하지만 받고 나서도 손길이 덜덜 떨렸다. 웬만한 일에는 눈 하나 깜빡하지 않는 그녀도 손에 든 무게가 절대 가볍게 느껴지지 않았다. 그런데 그것을 아무렇지 않게 던지다니.

"회, 회주!"

"앞으로 그것은 네 것이다."

"무슨……!"

회주는 익살맞게 웃더니 목을 가볍게 풀었다.

"보다시피 앞으로 해야 할 게 많을 것 같아서 말이다. 무신련의 뒤치다꺼리도 해야지, 밀천도 거기에 지지 않게 키워야지. 손이 갈 곳이 한두 군데가 아니라. 당분간 용권상회는 네가 맡거라."

청하의 눈이 커진다.

"하지만……!"

회주는 입술을 이죽거렸다.

"뭐가 그렇게 걱정이 많누? 어차피 내가 상계에서 손을 뗀 지는 오래되지 않았더냐? 슬슬 후계도 생각을 하던 참이었으니 그걸 지목한 것인데. 문제라도 있나?"

"……!"

회주는 뒷머리를 벅벅 긁었다.

"사실 나도 번갯불에 콩 구워 먹듯이 이렇게 빨리 결정 내릴 생각은 추호도 없었다만. 어쩌겠느냐? 보다시피 일이 갑자기 커져서. 뭐, 어차피 그 욕심 많은 늙은이나 속이 음흉한 놈에게는 이곳을 내어 줄 생각이 전혀 없었지만."

"회, 회주!"

"너는 이미 나와 무신련주, 아니, 종주? 천주? 뭐라고 불러야 하지?"

"그냥 창봉이라 부르시오."

"그 호칭은 너무 약한데…… 하여간 창봉이 내린 시험을 이미 통과하였다. 다른 두 놈은 서로 치고받고 싸우기에 바쁜 반면에 너는 무사히 우리 둘의 만남을 주선한 것이 되었으니."

회주가 피식 웃는다.

"그래도 체면 차리길 좋아하는 양반들이 따질 테니…… 그래. 이제부터 너, 내 딸 하려무나."

청하의 눈이 커진다.

"어차피 나도 돈에 미쳐 결혼을 하지 않아 자식이 없고, 너도 어린 시절에 이곳으로 팔려 와 부모가 없는 딱한 처지이니 같이 살아도 나쁘지는 않지 않겠지?"

청하는 아무런 대답도 할 수 없었다.

하지만 회주는 그것을 대답이라고 알아들었다.

"하면 그렇게 된 것으로 알고 있으마."

"……예."

청하는 결국 고개를 끄덕이고 말았다. 여전히 머릿속은 새하얗게 지새 버려 도대체 무슨 일이 벌어진 건지 짐작도 가질 않았지만.

무성이 피식 웃으며 묻는다.

"원래 이렇게 대충하시오?"

회주는 어깨를 으쓱거렸다.

아까 전까지만 해도 좌중을 휩쓸었던 위엄과 무거운 분위기는 온데간데없이 사라진 채, 갑자기 경망스러운 말투와 행동거지를 보이니 뭔가 어색했다.

그런데도 어딘지 모르게 제 옷을 입은 것처럼 아주 잘 어울린다.

수없이 번갈아 쓸 수 있는 가면.

그것이야말로 회주가 장사치로서 성공을 하고, 밀천을 이만큼이나 지킬 수 있었던 이유이리라.

"내가 요즘 놀고 있는 이유가 무엇인데. 젊었을 때 너무 고생을 했으니 지금이라도 좀 여유를 즐겨야 하지 않겠습니까? 하아아아! 하지만 누구 덕분에 다시 고생하게 생겼지만 말입니다."

"그건 미안하게 되었소."

"아시면 되었습니다. 하면 일단 사고 친 거나 수습을 해 볼까."

회주는 히죽 웃었다.

하지만 두 눈은 어딘지 모르게 차가웠다.

*　　　*　　　*

금와가 잠에서 깼을 때, 그를 맞은 것은 어둠이었다.

분명 방금 전까지만 해도 휘하의 상인들에게 오늘 일을 보고 받고 내일 벌일 계획들을 모두 점검하고 잠에 들었건만.

하지만 눈을 떠도 앞이 보이질 않고, 온몸은 무언가로 단단히 결박된 듯 꿈쩍도 않았다.

납치되었다!

금와는 정신이 번쩍 깼다.

"여, 여기가 어디냐! 내가 누군 줄 알고! 어서 풀지 못하겠느냐! 야율재! 이것을 당장 풀지 못하겠느냐 말이다!"

그때 맞은편에서 야율재의 목소리가 들렸다.

"그, 금와 어르신이시오? 이거 좀 풀어 주시오! 그래도 서로 간에 신병에는 손을 대지 않는 것이 불문율이지 않았소! 한데, 이딴 짓을……!"

야율재의 목소리도 어딘지 모르게 다급하고 초조해 보였다.

하지만 금와는 그걸 깨달을 경황이 없었다.

"무슨 소리를 하는 것이냐! 이걸 풀어라!"

"그대야말로 무슨 말을! 이것을 풀어 주시오!"

서로 간에 꽥꽥 소리를 질러 대기만 할 뿐.

어느 것 하나 풀리는 것이 없이 평행선만을 달린다.

그때,

끼이이익.

문이 열리는 소리가 들렸다.

금와와 야율재의 얼굴이 그쪽으로 움직였다. 하지만 두 눈이 천으로 가려져 있어 여전히 앞을 보지 못했다.

"풀어 주어라."

곧 누군가 안으로 들어오더니 눈을 가리고 있던 천을 풀어 주었다.

그러자 드러나는 광경.

거미줄이 다 처진 낡은 건물 안. 원래 사당이었던 건지 곳곳에 향 냄새가 짙게 배이고, 부서진 신위(神位) 따위가 보였다.

문가에는 일 년 동안 얼굴을 거의 보지 못했던 회주가 뒷짐을 쥔 채로 서 있었다. 뒤에는 청하를 대동한 채로.

금와와 야율재는 그제야 서로 간의 모양새를 알게 되었다. 두 사람 모두 전신이 기둥에 단단히 결박되어 꿈쩍도 않고 있었다.

"이, 이것이 대체 무슨 짓이오, 회주!"

"우리가 무슨 죄를 지었다고 이런 짓이랍니까!"

금와와 야율재가 침을 꼴깍 삼키며 회주를 돌아본다.

그때 사냥꾼 하나가 의자를 갖고 와 대령했다.

회주는 거기에 털썩 주저앉으며 주먹으로 등허리를 가볍게 두들겼다.

"으으으. 나이를 먹으니 이제 이 정도 걷는 것만 해도 힘들어 죽겠구만."

"제가 두들겨 드릴게요."

"오오. 과연 늘그막에 딸 하나는 잘 둔 것 같구나. 예쁜 데다가 눈치까지 이렇게 빠르다니! 시원하다."

청하는 살짝 얼굴을 붉혔지만 주먹으로 가볍게 회주의 등을 두들기기 시작했다.

회주는 흡족한 미소를 띠며 손바닥으로 무릎을 탁 하고 쳤다.

"잘못이 무엇인가 물었는가?"

그의 시선이 금와와 야율재에게로 쏟아진다. 두 사람은 순간 흠칫 굳어 버리고 말았다. 분명 입가는 웃고 있는데 눈빛이 차갑다. 숨이 턱 하고 막힌다.

'이것이다! 내가 그동안 회주에게 꼼짝하지 못했던 이유가……!'

세상 무서운 게 없었던 금와가 덜덜 떨기 시작했다.

저 눈빛이다.

회주가 저런 눈빛을 띠기만 하면 항상 무언가가 사단이 생기곤 했다.

아군일 때는 그렇게 듬직했던 것이, 적으로 나타나니 무섭기만 하다.

"따지자면 아주 많지. 시장을 어지럽히고, 가옥관을 어수선하게 하지 않았는가? 덕분에 상회도 이대로는 해체가 될 위기에 처했다더구만."

"그, 그것은……!"

"아. 무신련은 핑계는 대지 말게. 아무리 그래도 자네들은 너무 도가 지나쳤어."

회주는 팔짱을 끼며 차갑게 웃었다.

"죽은 사람들이 너무 많아. 그대들은 그냥 그저 그런 일꾼들이 아니겠냐고 하지만…… 그래도 그들 하나하나가 모여 우리 상회가 되는 것 아니겠나?"

금와와 야율재는 간담이 서늘해졌다. 곧장 고개를 조아린다.

"제, 제발 목숨만은……!"

"재산이고 뭐고 다 내놓겠습니다! 그러니 제발……!"

"사실 이런 건 전부 핑계고."

회주는 손으로 목을 벅벅 긁으며 심드렁하게 대꾸했다.

"이 늦은 나이에 거둔 수양딸이 앞으로 장사를 하는데 자네들이 방해가 될까 싶어 그런 것이라네."

두 사람의 눈이 커지는 순간,

스걱! 스걱!

뒤에 서 있던 사냥꾼들이 단숨에 칼을 내리쳤다.

비통에 잠긴 두 머리통이 데구루루 바닥을 굴렀다.

청하는 흠칫 놀랐지만 물러서거나 하지 않았다. 고개를 돌리지도 않았다. 눈동자는 떨릴지언정 두 사람의 최후를 끝까지 지켜봤다.

회주는 그런 청하의 담력이 흡족했다.

"너무 잔인하다고 생각하느냐?"

"……예."

"차별을 받지 않고 고통이 없는 세상을 만들고 싶다고 해놓고선 정작 처리하는 것은 힘이니. 그렇게 여길 수밖에. 사실

나도 이게 모순이란 건 아주 잘 알고 있단다."

탁!

회주는 손으로 무릎을 쳤다.

"하지만 어쩌겠느냐? 이 세상의 결과는 결국 힘. 그것이 없으면 아무것도 안 되는 것을. 우리는 힘이 없는 외침이란, 결국 소리 없는 아우성에 지나지 않는다는 것을 너무 오랫동안 보아 왔단다."

회주는 자리에서 일어나 몸을 돌렸다.

"그러니 어서 힘이 필요 없는 세상이 나오기를 갈망하는 수밖에."

문을 나서는 회주의 목소리는 어딘지 모르게 쓸쓸해 보였다.

잠시 후.

기련산 어딘가에 박힌 이름 모를 사당은 원인 모를 화재로 사라져 버렸다.

* * *

혁만은 회주를 따라 나오며 자신의 칼을 내려다보았다. 금와의 목을 자른 칼날은 여전히 핏물이 뚝뚝 흘러내렸다.

"도강."

"왜 그러지?"

뒤늦게 뒤를 따라 나온 도강이 묻는다. 그 역시 야율재의 목을 자른 칼에서 피가 흘러내렸다.

"너는 지금 이 일, 어떻게 생각하지?"

"뭣이 말이냐?"

"뭐긴 뭐야. 무신련과 함께하는 거지."

도강의 눈이 차갑게 번뜩인다.

"어르신의 선택에 불만이라도 가지는 것이냐?"

말을 똑바로 하지 않는다면 목을 바로 쳐 버리겠다는 의지가 물씬 풍긴다.

혁만은 도강과 싸워 봤자 자신이 별다른 저항을 하지 못한다는 것을 아주 잘 안다.

도강은 이미 죽어 없는 일곱 명의 제세칠성이 돌아와도 승부를 장담할 수 없는 고수였으니.

후성구룡(後星九龍).

제세칠성 이후로 밀천에서 차기 교를 지탱할 호법으로 양성하고 있는 자들이다. 혁만도 그중 한 명이었고, 회주와 같이 자리에 있던 사냥꾼들이 모두 그들이었다. 도강은 그들의 우두머리였다.

스르릉!

혁만은 손에 든 칼에 묻은 핏물을 가볍게 털어 버리고 도로 칼집 안으로 밀어 넣었다.

그러고는 털썩 바닥에 주저앉아 양반다리를 취했다.

"뭘 하는 짓이냐?"

"이야기 좀 하자고."

도강은 혁만과 달리 칼을 밀어 넣지 않고 가만히 그를 노려보기만 했다.

혁만은 그러거나 말거나 팔짱을 꼈다. 언제든지 칠 거면 치라는 자세다.

"나도 어르신의 선택이 잘못되었다고는 생각지 않아. 어찌되었건 간에 지금까지 우리들이 이렇게나마 살 수 있었던 건 그분의 지원이 없었다면 전혀 불가능했을 이야기니까."

"그럼 뭐가 문제냐?"

"그게 문제란 거야."

"뭐?"

"우린 너무 어르신만을 믿고 있지. 하지만 그렇기 때문에 어느 누구도 그분의 말씀에 저항을 하지 못해. 어떨 때는 독선적이라 할 수도 있어."

혁만은 턱을 높이 들었다.

도강이 눈살을 찌푸린다.

"혁만, 너······?"

"안다. 짜증이 나리란 거. 하지만 난 이번 결정에 반대를 한다. 미래? 그래. 중요하겠지. 신? 당연하지. 우리의 모든 것이 니. 하지만 저들을 받아들이는 건…… 그 모든 걸 넘어서서 난 도저히 이해를 못 하겠다."

형제들을 잃고, 동료들을 잃었다.

그들과 같은 곳에서, 같은 하늘을 보며, 같이 웃으라고?

어떻게?

대체 어떻게 그러란 말이지?

혁만은 고개를 들어 도강을 쳐다봤다.

"그러니까 네가 정해라. 날 칠 거냐. 말 거냐. 네 대답이 듣고 싶어."

"……."

"……어서 해."

도강은 그래도 말없이 혁만을 쳐다봤다.

*   *   *

이튿날, 아침.

청하는 처음으로 서풍과 함께 모습을 드러내 단숨에 가욕관 전체를 쓸었다. 여태 내놓지 않고 창고에 꽁꽁 묶어 두었던 물품들을 잔뜩 풀어 물가를 진정시키기 위한 노력을 했다.

더불어 사람들을 고용해 약탈과 화재로 점포를 잃어버린

사람들이 복구할 수 있도록 도와주는 한편, 물품을 잃은 상인들에게 돈을 저이자로 빌려주며 환심을 사기 시작했다.

물론 이에 반발하는 사람들도 있었다.

갑자기 금와와 야율재가 사라졌으니 어느 누가 봐도 의심을 할 수밖에 없는 상황이었다.

하지만 막대한 자금력 앞에 그들의 반발은 얼마 가지 않아 사그라지고 말았다.

*　　　*　　　*

무신련과 기왕부는 일제히 깃발을 들고 기련산으로 이동했다.

그들이 이동한 곳은 험난할 뿐만 아니라 까마득하리만큼 높다랗게 선 절벽이었다,

회주는 뒷짐을 쥐며 절벽 위를 쳐다봤다.

"혹시 올라갈 수 없는 사람들 있나?"

종주로 인정한다던 어제까지만 해도 존댓말을 쓰더니 다시 말을 놓기 시작한다.

무성도 그것이 편하기 때문에 고개를 끄덕였다.

"있소."

무신련이 전부 무인으로만 구성된 것이 아니다. 가족이 있

는 사람들은 처자식을 대동하고 이동하기도 했다. 더군다나 절벽을 오르는 것은 고수들만이 가능한 일. 공력 수발이 자유로워야 하고 절대 메말라서는 안 된다.

"그렇다면 결정하시게. 그들을 업고 이동하든지, 아니면 버리고 가든지."

무성은 조철산과 석대룡을 돌아봤다.

두 사람은 바쁘게 뛰어다니면서 고수들로 하여금 여인과 아이들을 업으라 지시를 하기 시작했다.

무성은 소란스러운 무신련을 보면서 말했다.

"저렇게 지형이 험난해서야 밀천을 빠져나올 수 있는 사람들은 몇몇이 안 될 것 같소만."

"맞는 말일세. 일부러 그렇게 한 것일세. 그래야 외부에서의 눈으로부터 피할 수 있을뿐더러, 혈기가 왕성한 아이들이 빠져나가는 것을 막을 수 있지."

회주는 고개를 끄덕이며 말을 이었다.

"이곳을 넘어서도 한참이나 더 들어가야 하네. 동물도 전갈이나 독수리 외에는 거의 살지 않는 험악한 곳을 지나야 하니…… 꽤 먼 길이 될 것이야. 고생 좀 할 걸세."

회주는 이 정도는 해야 세상으로부터 숨을 수 있지 않겠나, 라고 말했다.

하지만 무성은 다른 말보다 한 가지 말이 유독 귀에 거슬렸다.

'혈기가 왕성한?'

무성은 주변을 둘러보았다.

"어제 만났던 사냥꾼들이 보이지 않소만?"

"아, 그 아이들 말인가? 곧 따라오겠다고 하더니 아직도 보이질 않는구만. 흠. 어디 옆으로 샜나? 아니면…… 설마?"

회주의 인상이 딱딱하게 굳는다.

무성이 즉시 무신련에게 명령을 내리려는 찰나,

처처처척!

갑자기 까마득한 절벽 위로 일련의 무사들이 모습을 드러내기 시작했다.

사냥꾼들, 후성구룡의 등장이었다.

그들 주변으로 족히 일천은 넘어 보이는 무사들이 일제히 화살을 아래쪽으로 겨누고 있었다.

혁만과 도강이 앞으로 나섰다.

"무신련, 너희들이 올 수 있는 곳은 여기까지가 전부다."

〈다음 권에 계속〉

사도연 신무협 장편소설

ORIENTAL FANTASY STORY & ADVENTURE

용을 삼킨 검

네이버 N스토어 에서 미리 만나보세요.

dream
books
드림북스